逆求婚のお相手は憂鬱な皇帝

恩返しとしての不作法な偽装結婚

倉　下　青

A O K U R A S H I T A

一迅社文庫アイリス

CONTENTS

リウ
12歳。〈森の国〉幼王で、エデトの弟。銀髪金眼。小柄で華奢な美少年。

メイルズ
24歳。名門貴族ハーグレス侯爵、聖レオス帝国大臣。煙水晶の色眼鏡をかけている。

ミウステア
18歳。メイルズの妹。クリュサルの皇妃候補筆頭だった侯爵令嬢。

カドシュ
20歳。クリュサルの従者兼護衛。クリュサルとは子供のころから一緒に育ってきた幼なじみ。

アシャ（アストリッド）
17歳。エデト付女官。クリュサルとは幼なじみで妹分のような存在。

ラケイド
26歳。クリュサル付道化。驢馬の耳がついた道化帽をかぶっている。

ヴァルゼー
聖レオス帝国前皇帝。現在は離宮で余生を過ごしている。

用語解説

聖レオス帝国
聖レオスによって建国された帝国。歴代の皇帝は「神告」をもとに帝国を治めている。

森の国
聖レオス帝国の辺境に位置する自治領。

呪譜
皇帝が統治のために作る未来予測図。〈聖舎〉付近で採れる、皇帝それぞれが持つひとそろいの特殊な黄石を使う。

ユール一族
建国の祖・聖レオスの守護精の末裔の一族。歴代の皇太子が呪譜を学ぶ〈聖舎〉を守っていた。

逆求婚のお相手は憂鬱な皇帝

Gyakukyukon no oaite ha YU-UTSU na KOUTEI

恩返しとしての不作法な偽装結婚

CONTENTS

エデト

19歳。聖レオス帝国自治領〈森の国〉の王姉。黒髪黒眼。弟リウを溺愛している。辺境育ちで、森歩きと弓が得意。行動的で愛情深い性格。

クリュサル

19歳。聖レオス帝国の新皇帝。金褐色の髪、深緑の眼。一般には「神告」として知られる未来を予測する能力を持つ。前例にとらわれない性格。

イラストレーション◆鳴海ゆき

逆求婚の相手は憂鬱な皇帝 愚図としての不作法な偽装結婚

Gyakukyuukon no aite ha yu-utsu na koutei

序

弟、ってどんな生き物なんだろう――七歳のエデトは、眉根（まゆね）を寄せて考えていた。

とってもかわいい、と大人（おとな）たちは言っていた。小さくてかわいい森の生き物なら、たくさん知っている。本当にそれくらいかわいいんだろうか。

「まあ姫さまったら、そんなに緊張なさらなくっても大丈夫ですよ」

手をひいてくれる侍女がくすくす笑った。

緊張じゃなくて、とエデトは説明しようと思ったが、もう産室の前に来ていた。

「さあどうぞ」

なかには、いつも以上に優しい表情の父と、くたびれ果てた様子ながらおだやかに微笑（ほほえ）んでいる母がいた。そして母の胸に抱かれている布にくるまれたもの。

「エデト、おまえの弟だよ」

「ほらエデト、顔を見てあげて」

誘われるままに、エデトは母の隣に行った。そして布の塊をのぞきこんだ。

ぱち、と目を開けてエデトを見上げる小さな赤ん坊がいた。

（――ちっちゃい！　かっわいい！　世界で一番かわいい!!）

大人たちが言っていたことは本当だった。

リウと名づけられた弟は、ひどくひよわな体質だった。毎週のように熱を出し、食も細く、同い年の子供と遊ぶこともできなかった。母はそんな弟につきっきりだった。

寂しくてひとり泣いた夜もあったが、そんなエデトの心を母はよくわかってくれた。

「――エデト、じゃあこれは母さまのかわり。大切にするのよ」

と、母がいつでも肌身離さず身につけていたお守りを首にかけられて、エデトは舞いあがるような気持ちになった。

「約束する、これからずうっと大切にする！」

父も、少し政務の時間が空けば、いつでもエデトの相手をしてくれた。勉強も、弓の練習も、ここ〈森の国〉では何よりも大切な森歩きも、エデトはすべて父に学んだ。

「おまえはなんでもよくできるね、エデト。きっといい王になる」

「でも父さま、この国を継ぐのはリウでしょう？　だって、あんなに特別な子だもの」

父はエデトと同じ漆黒の、おだやかな知性をたたえた目で微笑んだ。

「どちらが国を継ぐかなんてことが、おまえとリウにとっては重要なことかな？　この先どうなろうと、ふたりには、お互いに助けあえる気持ちと力を持つ姉弟になってもらいたいな」

「うん、任せて！」

幸せな生活は、だが長くは続かなかった。母が亡くなり、あとを追うように父も逝った。

エデトを跡継ぎに推す声もあったが、エデトは十二歳になってすっかり丈夫になった弟に王位をゆだねた。そして自分は、弟を幼王とあなどり王位をうかがう者たちに目を光らせた。

リウが成年の十八歳になれば、つけこもうとする者も少なくなる。しかしそれまで、まだ六年もある。その間ひとりで弟を守り切るには、不安があった。

手っ取り早いのは有力者と結婚することだったが、うかつな相手を選んでしまえば、その夫こそが王位簒奪者の一番手になってしまいかねない。

ひそかに悩んでいたエデトのもとに、そんなとき、思いがけないところから思いがけないものが来た。

「……わたしに、舞踏会の招待状？」

名目はそうなってはいたが、招待を文面どおりに受け取っていそいそと出かけてしまえば、陰であざ笑われかねない。

それでもエデトは、この招待状に光明を見出した。

「――行くわ」

第一章　弟のための後援取付(とりつけ)

建国四〇〇年の歴史を誇る、聖レオス帝国。その帝都スタの壮麗(そうれい)さは、馬上のエデトの目をみはらせるには十分だった。

「あの塔なんて、ニーニネの樹よりも高いみたい！」

街の赤屋根のむこうの台地に見える鐘塔(しょうとう)を、故郷の森で一番の大樹と比べてみる。そうしながらもエデトの黒い両眼は、すでにまた別の偉容(いよう)に動いている。

なにしろ見るものには事欠かない。偉人像に囲まれてきらきらとしぶきが光る噴水も、馬車が何台も並んで走る舗装路(ほそうろ)も、街中を豊かに流れる川にかかる石橋も、街角でさざめく雑踏も、エデトの故郷にはないものばかりなのだから。

隣に馬を並べる父の代からの老臣が、不安げにささやいた。

「王姉(おうし)殿下、あまり物珍しそうになさるのはおやめくださいませ」

「どうして？」

「その……殿下が田舎者(いなか)と思われます」

エデトはおもわず吹き出しかけた。

聖レオス帝国自治領〈森の国〉。半世紀前に帝国自治領となったが、独自の文化をいまだ色濃く保っている辺境が、エデトの故国である。

（〈森の国〉が田舎でないなら、帝国に田舎はなくなってしまうわ）

田舎者なのは単なる事実としかエデトは思わないが、心配性の老臣をなだめてやる。

「でも、帝国の粋を見ないなんてもったいないでしょう？　それにこの街の人は、遠方の客人には慣れているようだもの。わたしたちのことだって、全然気にしていない——」

市場はもとより、川の船着き場、隊商宿、そして街頭にも、帝国各地から訪れたさまざまな外見服装の者がいて、特に珍しがられることもなく、帝都の一風景として溶けこんでいる。

エデトたちは平均的な体躯で、黒い髪と目も茶系の色と同じくらいありふれている。いま着ている礼装も、大きな特徴はフードを装飾化した純白の大襟と左腕の緋色の付け袖、あとは儀礼用の弓矢と短剣くらいで、他地域の衣装に比べれば地味ですらある。

だが、帝都の住人が自分にだけは向けてくる好奇の視線に、エデトはやっと気づいた。

「……というわけでもないみたい。男装に見えるのかしら」

きりっと結んだ黒髪や森の澄んだ大気をまとったかのような黒眼が、飾り気に乏しい服装でかえって凛と美しく強調されていることについては、エデトはまったく無自覚だった。老臣に従い、視線を逃れて目的地へと馬を急がせる。

大通りの先にそびえるひときわ壮麗な建物——聖レオス帝国宮殿へ。

§　§　§

田舎者を自認する辺境の王女が、はるばる帝都へと赴いたことには、事情がある。

今年、聖レオス帝国は新たな皇帝を戴いた。

聖レオス帝国の皇帝は、帝国と帝室の祖である聖レオスのお告げ「神告」を授かる力を持つ。歴代皇帝はその神告をもとに政務を執り、帝国の安寧と繁栄を築きあげてきた。

だが、前皇帝の二十余年の治世は違った。前皇帝ヴァルゼーはただの一度しか神告を告げず、しかも公私にわたり何かと揉めごとが絶えない人物だった。

不満と不安のなか、人びとは皇太子クリュサルを未来の希望とした。

前皇帝は実子がなく、クリュサルはわずか五歳で資質を示して皇太子となった皇帝親族だった。のちに宮廷に住むようになってからは、明るい人柄でも知られるようになった。

病による前皇帝の退位と新皇帝の即位の日には、廷臣国民の誰もが快哉を叫んだという。

新皇帝クリュサルは、まだ十九歳という若さだった。すぐにしかるべき貴族令嬢のなかから皇妃が選ばれ、帝国は行く末久しく栄えるだろうと誰もが期待した。

しかし、即位後すぐのこと。

クリュサルは、普段どおりの涼やかな表情のままながら、きっぱりと宣言した。

「皇妃は不要だ。私は、誰も娶(めと)ることはない」

喜びにわいていた宮廷は、一夜にして大混乱に陥った。


〈森の国〉王族と皇帝は、実際の距離もさることながら、心情的にかなり遠い。

半世紀前まで深い森で孤絶していた辺境の小国など、自治領の名目のもとにほったらかし同然である。エデトの父も祖父も当時の皇帝に直(じか)に会えたことはなく、慶事の際に贈り物を携(たずさ)えた使者が帝国宮廷を訪ね、返礼品を渡される程度のつきあいでしかない。

今回もリウの名で即位祝いを贈ったきりで、帰国した使者から新皇帝が結婚を拒んで騒動になっていると聞いても、エデトからしたら完全な別世界の出来事にすぎなかった。

「皇帝なのになんて無責任な！　リウはそんな王になったらだめよ」

と弟との世間話にしただけだったのだが、その後エデト宛てに送られてきたのが、宮廷舞踏会の招待状だった。エデトはすぐに、その舞踏会の真意を理解した。

（皇帝とのお見合いの場、ね）

通常なら皇妃候補になるはずもない辺境の王女まで数に入れざるをえなくなった廷臣たちの苦悩が簡単に想像できて、エデトは彼らに同情した。それも、皇帝の結婚など自分とはまったく関係のない話だと思っていたからである。もちろんことわるつもりだった。

この招待状が役立つと気づいたのは、寝る前の習慣で、いつも首にかけているお守りの組紐細工に触れたときだった。あ、と声がこぼれた。

(もし、皇帝に会って、リウの後ろ盾になるという言質を取れれば)

薄いつながりではあるが、建前として〈森の国〉の上位には聖レオス帝国がある。その皇帝が後ろ盾につく幼王に逆らうということは、帝国にも逆らうということになる。ひそかに〈森の国〉の王位簒奪を企んでいる者に、十分な圧をかけられる。

「――うん、取るしかない」

弟のために、どうすれば皇帝の言質が取れるか。エデトは寝台から立ちあがり、じっと虚空を見つめて考えた。

エデトにまで招待状が送られるくらいだから、当然、もっと皇妃にふさわしい娘たちも招待されているだろう。しかも舞踏会と来れば、一方的に紹介されるだけで終わる可能性も高い。

それでは時間が足りない。どうにかして、皇帝を説得する機会を作る必要がある。

(皇帝が、わたしにひと目惚れするとか、せめて興味を持ってくれれば話せるけれど)

が、そんな奇跡に賭けるほどエデトは夢見がちにはできていない。そもそも帝国貴婦人的な美意識は「優美」とか「高貴」といったもので、自分はそぐわないこともわかっている。

(リウが女装すればまだ可能性はあるにしても、絶対に承知しないだろうし)

エデトは、招待状の送り主の名を見つめた。

大臣メイルズ・ハーグレス。皇妃候補筆頭だった侯爵令嬢ミウステアの兄で、少年時代は前皇帝の小姓を務め、成人後はあっという間に父を継いで大臣に取り立てられたとのことだった。地位の自覚がない詩人気取りの変人という話だったが、いくら変人だとしても、仮にも妹と競合する者をわざわざ増やしたがるとも思えない。いやがらせをするほど兄妹仲が悪いということもなく、むしろおおっぴらに妹のしとやかさや美しさを褒めたたえているほどだという。

彼はなぜ自分を招くことを思いついたのか。

もし、これが自分とリウだったら——置きかえて考えてみるまでもなく、答えは一瞬で出た。

(わたしは、引き立て役ね)

妹の足もとにもおよばない田舎娘を呼んで並べて見せることで、兄は妹の魅力を改めて皇帝に悟らせようとしているのではないだろうか。もしそんな利用法を考えつきもしなかった暗愚な人物だったとしても、言われれば気づくはず——だからエデトは、招待を受けた。

通された宮殿の客間でひと息つく間もなく、すぐさま使者がエデトのもとにやってきた。

面会を申しこむ手間がはぶけた。エデトはさっそく彼の使者に従い、その邸宅を訪ねた。

(メイルズ・ハーグレス!)

父の代から重用されているハーグレス侯爵宅は、宮殿が広がる台地のすぐふもとにあった。

「ようこそいらっしゃいました、〈森の国〉王女殿下」

メイルズに迎えられてすぐ、まず煙水晶の眼鏡に目が行く。口もとには微笑が浮かんでいるのだが、うっすらとしか目もとを見せないその眼鏡のせいで、表情がわかりづらい。

メイルズも自覚があるのだろう、眼鏡をはずすと、まぶしげにまばたいて苦笑した。

「いやあ、夜更かしばかりしているせいか、明るいところが苦手でして。失礼いたしました」

中背で、年齢は二十代半ば。薄茶色の野暮ったい髪や、どことなく着崩れた服からすると、規則正しい生活とはいかにも無縁そうだった。とても大臣という高位の人物には見えない。

「そうなのですね、どうぞお気になさいませんよう」

「ありがとうございます、では失礼させていただきまして」

髪と同色の両眼が、一瞬エデトを見た。すぐまた眼鏡で隠されたその視線は、エデトが内心はっとするほど鋭かった。

（――見せかけどおりの人ではないみたい）

その印象は、メイルズの愛想のいい態度でかえって強まった。

「お疲れのところ、ご足労ありがとうございます。舞踏会の様子について、あらかじめお話ししておくほうがよいかと思いまして」

「ええ、助かります。わたしも、あらかじめ帝国のしきたりをうかがっておくほうが――」

と、そのとき、客間の扉がいきなり開いた。

「ハーグレス侯！」

ずかずかと入ってきたのは、贅沢な衣装を隙なく着こんだ中年の貴族だった。立派な髭をたくわえたその顔は、怒りで赤くなっている。

「宮廷で聞いたぞ！　いまは私心を捨て一丸とならねばならんというのに――」

一方、メイルズの口もとには相変わらず笑みが浮かんでいる。

「ラフィアック侯、ご来訪の際にはできればご一報をお願いできればありがたいのですが」

「そんな場合ではない！　ジュス伯とも協議し、この三家のいずれかから皇妃を出す算段をすべきなのだ！　なのにのんきに田舎王女などを呼んで、いったい何を考えておるのだ!?」

怒り狂っていまだに自分に気づかないこの貴族を、エデトはおもしろく眺めた。

「わたしのことですね」

エデトに声をかけられて、貴族がぎょっとふりかえる。エデトは名乗った。

「〈森の国〉先王テスカムの娘にして国王リウの姉、エデトと申します。このたびの皇帝陛下の一件につきましては、わたしの耳にも届いております。つつがなく皇妃陛下がお決まりになるように、微力ながら協力させていただきたく、こうして参上いたしました」

貴族がぽかんと口を開けた。

（こちらはいいとして）

眼鏡の下で細められたメイルズの目に、エデトは気づいていた。帝都の舞踏会に招待されて浮かれた田舎王女がいそいそとやってきたわけではないと知り、警戒を始めた目だった。

「帝国の安寧は、わが〈森の国〉にとっても大切なこと。わたしのような辺境の者を見れば、皇帝陛下も、世に皇妃となりうるご令嬢は希少なのだとお考え直しくださることでしょう」

エデトの言葉は真実ではなかったが、うそでもなかった。

他の令嬢の引き立て役になることを、エデトは屈辱とは思わない。それがリウにとって必要なのであれば、さらし者だろうと道化だろうと、やってみせる覚悟はある。だからあえて、宮廷で一般的な礼服を用意せずに故国の礼装を選んだ。扇より重いものを持つことのない令嬢との違いを印象づけるため、儀礼用の弓と矢筒、短剣も身につけた。

皇帝を説得する機会を得られるかは、まずはこの場にかかっている。つ、と背中に冷たい汗がにじむ緊張を悟られないよう、エデトは必死で落ちついた顔を保つ。弟のための自分の覚悟を、帝国への忠誠のためだと思わせられるように。

「どうぞわたしを使い、皇妃候補のご令嬢を引き立ててください」

メイルズの口もとの微笑は変わらないが、目もとの表情はわからない。細められた目は口もとと同じく笑っているのか、それとも冷たくエデトを値踏みしているのか。

「――なるほど！」

貴族がいきなり声をあげ、エデトは危うくびくりとするところだった。

「陛下はもともと聡明なお方、皇妃の資質とはいかなるものか、これに会わせればすぐに悟ってくださるだろう。引き立て役を準備するとは深慮遠謀、恐れ入ったぞ、ハーグレス侯！」

大仰に褒められたメイルズは髪に手を入れ、とまどいを装っている。

「いや、私はそんなつもりではなくてですね……帝都で育った令嬢たちの薔薇の如きかんばせも、気高き心も、胸うるおす声も、陛下には評価に値しないもののようでしたから、それならば趣の異なる者が好みにかなうものかと思っただけでして」

「では怪我の功名と言うべきだな。なんにしても、この田舎王女は使えるぞ！」

目の前でのこの発言には、さすがにエデトもむっとした。

（帝都の毛長鶏は、これだから！）

小屋のなかで威張るだけのうるさい鶏になぞらえて、溜飲を下げる。

貴族は無礼だが、自分の意にかなうエデトの申し出を当然のものとして受け入れるほど単純だった。そんな者よりよほど気がかりなのは、眼鏡の奥に真実の姿を隠している青年だった。

（毛長鶏のふりをして群に交じった、本当は鶏などではない人……）

急にその眼鏡がエデトに向いた。口もとばかりの苦笑が濃くなった。

「ご厚意はありがたいのですが、王女殿下にそのような役目をさせるわけには」

すでに冷や汗がにじんでいたエデトの背中に、悪寒が走る。

（急ぎすぎた！）

メイルズの用心深さを見誤ってしまった。彼はエデトの申し出の裏を疑っている。なんとか彼の警戒を解いて、皇帝と直接話す機会を得なければならない。

「いえ、ぜひやらせてください。――実は、ハーグレス閣下にお願いがあるのです」

メイルズを納得させられそうな、見せかけの口実が要る。ふと、帝都の光景がひらめいた。

「帝都のすばらしい彫像を、ぜひわが国でも作りたく。国王となったわが弟の姿を、彫像として民に知らしめたいのです。わたしが無事この役目を果たしましたら、誰か適任の者をわが国まで派遣してはいただけないでしょうか」

適当に言っただけだったが、凛々しくもかわいらしいリウの彫像の想像が浮かんでくる。

（わっ、いいかも――って、そんな場合ではないのよ）

一瞬脳裡を支配しかけた場違いな考えを、エデトはあわてて追いやった。

メイルズの反応がわからない。まるで深い穴にひそむ獣のように、眼鏡の奥に隠れている。

（納得してくれた……？）

そこに、おもいがけない援軍があった。

「何を言うか、ハーグレス侯！　よい考えではないか」

貴族がいらだたしげに、メイルズに言った。

「舞踏会でこの田舎王女に会わせ、うんざりしていただいたあとに娘に会わせれば――そうだ、念のため帝国の貴婦人らしいふるまいを見せておき、その逆をさせるとよいだろう」

はあ、とメイルズは気乗りしないふうだったが、貴族はまったく気にしなかった。

「妹御はご在宅かな？　洗練というものを、この田舎王女に見せてやろうではないか」

貴族は自宅であるかのように召使を呼びつけ、さっさとこの家の令嬢の動向を聞き出した。庭でお茶会中とのことだった。

「ではわれらも参加するか。遠来の珍客だ、物珍しくて喜ぶだろうよ」

黄葉が始まりつつある庭に出ると、季節が春に戻ったかのような甘い風が、ふわっとエデトの頬を撫でた。

(まるで花園みたい)

それぞれ色の違うドレスと香水をまとって笑いさざめく数人の令嬢が、その先にいた。

ことに、中央の令嬢は美しかった。赤みがかった金髪はゆるやかに波打ち、品よく整った顔にしとやかな微笑を浮かべている。貴族がその令嬢に声をかけると、紅褐色の瞳がこちらを向いた。朝露を受けた薔薇のように柔らかな瞳だった。

「ご機嫌麗しゅう。ようこそいらっしゃいました、ラフィアック閣下」

(この人が、皇妃候補筆頭だったハーグレス侯爵令嬢ね)

エデトは素直に、彼女の美しさに感動した。

「次の舞踏会には、珍しい客人がありましてな。お引き合わせしましょう」

貴族が顎で横柄な合図をしてきた。エデトが名乗ると、ミウステアは優雅に一礼した。が、その友人たちは違った。声にならないくすくす笑いをもらしながら、視線をかわしあう。

「あら、あなたも舞踏会に参加されますの？　ミウステアさまの護衛などではなく？」

着飾った令嬢の目には、男装と変わらないエデトはさぞ奇異な姿に見えているのだろう。

（これが帝国貴婦人の「優美」で「高貴」なのかしら）

ええ、と内心あきれつつ嫌味(いやみ)を受け流しても、くすくす笑いは止まらない。

「舞踏会も、その格好でクリュサル陛下にお会いになるおつもりですの？　それでしたら何か芸をお見せなされば、皇帝付道化の花嫁くらいにはなれるかもしれませんわよ」

ただミウステアは友人たちの言動にはついていけないようで、むしろ困った顔でいる。

（でもこの人は違うみたい。皇帝もわがままを言わないで、彼女と結婚すればいいのに）

しかしそのわがままのおかげで、エデトにとってはありがたい機会が生まれた。眼鏡の奥から自分を見つめる視線を意識しながら、エデトは言った。

「帝都に長く滞在する気はありません。皇帝陛下にご迷惑をおかけしないよう、一度ごあいさつをさせていただくだけで満足するようにと、弟も言っておりましたので」

リウには、得られるかもわからない皇帝の後援については話していない。外交上の義務として、舞踏会への出席を押し切った。

「弟の忠告はいつもよく当たりますので、今回もそのようにします」

皇帝と直接話す機会を得るという最初の難関は突破した。

次の、そして最大の難関を突破するために、エデトは改めて考えはじめた。

§　§　§

惜しげもなくともされた灯火と、その光を増幅させる灯覆(ひおお)いで、舞踏会の場は夜とは思えない明るさだった。照らし出される男女もおのおのが趣向を凝らしたきらめく礼服で装い、軽やかな会話を楽しんでいる。

ラフィアック侯爵の計画で、遅れてその場に招き入れられたエデトは、目がくらむ思いだった。初めて経験する場というだけでも十分すぎるほど心細いのに、さらに遅刻という無礼をとがめだてする視線が一斉にこちらに集まった。かっと顔も耳も熱くなる。

（――こんなの、絹羽雉(キヌバキジ)の群と同じ！）

故国の森の派手な色合いの鳥を思い描きながら、エデトは、故国の礼装の下に入れているお守りをつかんだ。息を入れ、背を伸ばす。

「エデト殿下、こちらです。陛下にお引き合わせいたしましょう」

介添えの女官が言った。

「ありがとう」

これからこの華(はな)やかな人の輪のただなかを横切って、大広間の中心部に連れていかれるのだろう。若い女官の淡泊な態度を真似(まね)ようと、エデトは表情を作った。

だが予想ははずれた。案内されたのは、中心部どころか夜風がそよぐ庭園だった。

夜歌鳥がさえずる噴水のほとりに、何人かの人影が見える。

真っ先に視界に飛びこんできたのは、ぴょこぴょこと揺れる驢馬の耳だった。

なんの見間違いかとエデトはまばたき、どうやらそれが宮廷道化の帽子だと気づいた。何ごとか熱心に話しこんでいる様子だったが、そこに笑い声は聞こえない。よほどおもしろくない道化らしい。

道化のむこうの椅子には、何人かの貴婦人が腰掛けている。だが、全員が皇妃候補とは思えない熟年層であることは、薄暗がりにもすぐにわかった。

皇帝がいるのはこの一団ではないだろうとエデトは思い、ほかに人影はないか探そうとした。

だが、女官はここで立ち止まった。

「クリュサル陛下、〈森の国〉王女エデト殿下より、ぜひごあいさつさせていただきたいとのお申し出でございます」

エデトは驚いた。

(まさか皇帝って、ものすごい年上趣味だとか……？)

皇帝も十九歳と聞いている。この貴婦人たちの息子どころか、孫と同年代だろう。

道化と貴婦人たちから一歩離れたところで、くすんだ金褐色の頭が動いた。

(あの人！)

こちらに顔を向けた貴婦人たちが、先日のお茶会の令嬢たちと同じようにくすくす笑った。

「まあクリュサル陛下、ついにこんな滅多にない方までいらっしゃいましたわよ」

逆光気味に光を受ける皇帝クリュサルの顔には、暗い影が落ちている。声がした。

「では少し失礼するよ。興味深い会話は続けておいてくれ。私の道化が、先を聞きたくてうずうずしているから」

柔らかながら、人に命じた経験しか持たない者の声だった。だがその一方で、彼はエデトを呼びつけるかわりに、自分からやってきた。帝国最高位の身分とは思えない身軽さに、エデトは目をみはった。

（全然想像と違う――）

もっとわがままで冷たそうな若者かと思っていた。他人の気づかいなど考えたこともないような、そのくせ森にひとり取り残されれば何もできないような。

「ようこそ帝都スタへ、王女殿下」

エデトの前に立った皇帝クリュサルは、すらりとした中背の若者だった。涼やかながら意志の強そうな顔立ちも端整で、彼が皇帝と知らなくても自然と目を惹かれたに違いない。

ただよく見れば、深緑色の両眼ははっきり憂鬱の翳りを帯びていた。そして歓迎の言葉には最低限の礼儀以上の意味はなく、いまにもため息をつきそうだった。エデトに興味を持つどころか、一刻も早く義務を果たして立ち去りたいという思いがにじんでいる。自分で足を運んだのも、つきあわされる時間を少しでも短くしたかったからかもしれない。

女官が小さく咳払いをした。

エデトはわれに返り、礼をした。

「お目通りをお許しくださいました寛大なるお心に、感謝申し上げます」

すでにラフィアック侯爵の言いつけは頭にない。皇帝から弟への後援を取りつけるという自分の本来の目的のために、エデトは忙しく頭を働かせる。

（この人は、見え透いたお見合いにうんざりしている）

舞踏会前に出席者として紹介はあったはずで、さらに先ほど女官からも紹介があったが、クリュサルはエデトの名を呼ばなかった。名をおぼえるつもりなど最初からまったくない、ということだった。視線はどうにかエデトに向いてはいるが、これまでの皇妃候補とはまるで違うはずの異境の礼装への興味すら感じられない。

クリュサル自身の礼服は、ふんだんに装飾が施された腿丈の銀の上着と、光沢のある革ブーツ。洗練された豪華さをさらりと着こなしている。なのにそれを隠すようにはおった立ち襟の暗色の長外套は、相手ごと見合いそのものを拒んでいるかのようだった。

（それならどうする？）

森で学んだ狩りを思い出す。この先の会話は一種の狩りだった。好奇心が強い獲物なら、誘い出す。警戒心が強い獲物なら、油断させる。では、この皇帝は——。

エデトは方法を決めた。

「クリュサル陛下、わたしと結婚していただけませんか？」

　唐突すぎるエデトの求婚に、女官がぎょっと目を見ひらいた。

　視界の隅に彼女を見ながら、当然の反応だとエデトは思った。だが、目の前のクリュサルは違った。涼やかなまなざしが純粋な苦笑にゆらいだ。あれ、とエデトはまた想像を覆された。

（この人、意外に――）

　作法を完全に無視した田舎王女の無礼さに、冷ややかな怒りを表してもおかしくない。ところが彼は、ただおもしろがった。憂鬱の翳りもこの瞬間ばかりは消えていた。

「求婚してもらったところを申し訳ないんだが、私は皇妃を娶るつもりはないんだ」

　ことわる言葉にも、どこか笑みの気配がある。

（根は冷たい人ではないみたい。話せばきっとわかってくれる！）

　エデトは、ふくらむ期待に励まされてうなずいた。

「そうですよね、たいへんな無礼をいたしまして申し訳ございません。ではお見合いはこれで終了ということで、本題に入らせていただいてもよろしいでしょうか？」

「――は？」

　今度はクリュサルも目をみはった。

　うんざりしている相手には、単刀直入（たんとうちょくにゅう）に話す以外にない。この機を絶対に逃すまいと、エデトは無意識に身を乗り出した。片手は服越しに胸もとのお守りをつかんでいる。

「王位を継いだわたしの弟はまだ幼く、お恥ずかしいことですが、家臣のうちにはよからぬことを企む者もおります」

エデトが最も念入りに考えたのは、この先だった。〈森の国〉の王がリウであることがどれだけ聖レオス帝国にとって利益になるか、それを皇帝に説く方法を何通りも考えた。話ができるのは、この場のたった一度きり。しかも決して長いとはいえない時間のうちに、皇帝を説得しきらなければならない。

「わが〈森の国〉は――」

クリュサルが片手をあげた。無言ながらも、人を従わせる威厳に満ちていた。

エデトもおもわず言葉を切り、そしてあせった。すうっと血の気が引く。

「――お待ちください、クリュサル陛下！」

クリュサルは女官に顔を向けた。

「彼女の部屋は？」

「〈緑の間〉でございます」

「新棟か、遠いな。〈月の間〉に移動を」

「かしこまりました」

「頼んだ」

立ち去ろうとするクリュサルに、エデトはさらにあせった。

「陛下、どうか！」

クリュサルがわずかにふりむいた。

「きみが求めていたのは結婚ではなくて、きみの弟への後援なんだろう？」

エデトを一瞥(いちべつ)しただけですぐにそらされたその顔には、また濃い憂鬱の翳りがある。

「後援の件なら承知した。〈森の国〉にとってもこの帝国にとっても、拒む理由は特にない。すぐ手続きをする。だからもう、私の時間をこれ以上使う必要はないはずだ」

エデトはぽかんと、彼の後ろ姿を見送った。

望みはかなえられた。この上なく、満足のいく結果だった。

だというのに、胸にどこかすっきりしないものが残る。

いまさらながらつかんでいたお守りに気づき、エデトは手を離した。

ばたばたと移された別の客間は、宮廷最古の一隅だという旧棟にあった。

扉には華麗な月の紋様が施され、側仕え(そばづか)の者の控え部屋と主部屋を隔てる内扉まで、やけに重々しい。しかし全体としては女性向けの、こぢんまりとくつろげる雰囲気の部屋で、夜空のどこかにある月の光が透明石膏(セレナイト)の窓をほんのり輝かせていた。

「長らく使われておりませんでした部屋ですので、行きとどかないところがございましたらご遠慮なくお申しつけください」

女官が下がると、エデトはさっそく、広い寝台に身を投げ出した。この短い時間のうちにきちんと掃除されていたが、真新しいシーツの下からはさすがに埃（ほこり）の気配が立ちのぼる。だがそれも、薔薇水のほどよい香りのなかにあっという間に消えた。

「……あれが、クリュサル陛下」

エデトは寝台の天蓋（てんがい）を見上げてつぶやいた。

先ほど彼に抱いた違和感の正体は、もうわかっている。

この広大な宮廷の主人。多くの廷臣を従え、さらに多くの使用人にかしずかれる聖レオス帝国の皇帝に対して、こんなことを思うのはおかしいし、きっと間違っているのだろう。

「なんだか、かわいそうな人だったな……」

それでもエデトが彼に抱いてしまったのは、そんな同情だった。

皇帝はひどい憂鬱に囚（とら）われていた。何ひとつ不自由のない身分のはずなのに、どうすることもできない運命にのしかかられて、その重さにひたすら耐えているように見えた。

彼をそうさせているのがどんな事情なのか、もちろんエデトにはわからない。しかし、田舎王女の求婚にまずおかしみを感じられるような皇帝が、本来の明るさからかけ離れた心境に置かれていることには、同情せずにはいられなかった。

窓の外、夜歌鳥の澄んださえずりはもう聞こえない。かわりに、他の夜鳥の低いおだやかな鳴き声が時折聞こえてくる。庭園の鳥たちはのびのびと夜を楽しんでいるようだった。

いきなり扉が強く叩かれた。

無駄に厚い扉のせいで、控え部屋の気配を聞き逃していたらしい。エデトは飛び起きた。

「はい！」

皇帝の使者に違いない。エデトは急いで扉を開けた。

革服と剣を身につけた長身の青年が立っていた。護衛を兼ねた従者らしい。

「クリュサル陛下より伝言をお預かりしております。まことに失礼ですが、中に入らせていただいてお伝えしてもよろしいでしょうか」

だがエデトは、いまさらとりすますつもりは毛頭なかった。

〈月の間〉の主部屋は、立派ではあったが寝室と居間を兼ねたような造りになっている。未婚の王女の寝室に異性を入れるとあって、エデトの老臣と従僕の少年があわてた。

「かまいません」

青年は剣を老臣に預けた。エデトは彼を招き入れた。

重々しい扉が閉まると同時だった。

「どうぞ」

青年が、エデトではない誰かに声をかけ、壁の一角がかすかにきしんだ。

（っ⁉）

エデトは反射的に後ずさる。声を出そうにも驚きすぎて出てこない。

ただの壁板にしか見えなかったそこがぽかりと開いて、シャツに胴着を重ねただけの部屋着姿の若者が金褐色の頭を払いながら入ってくる。

「思ったより早かったな。あまり待たずにすんで、助かった」

陛下、と呼ぶこともエデトはできなかった。それどころか呼吸も忘れた。

先ほど会ったばかりの皇帝は、少しいたずらっぽい顔をした。

「驚かせてすまない。この旧棟には、過去の皇帝が作った仕掛けがいろいろあってね。〈月の間〉への隠し階段も、そのひとつなんだ。皇帝以外の者は使えないから安心してくれ」

まだ声が出ない。エデトはどうにかうなずくのが精いっぱいだった。

「これだけだと心許(こころもと)ないかもしれないと思ったから」

クリュサルはごく自然な仕草で、エデトに紙筒を渡した。

彼につられてなにげなく受け取ったエデトは、それが聖レオスの印章で封じられた勅書(ちょくしょ)だと知ってまた驚いた。

(うそ⁉)

皇帝の意志を記した文書で、本来ならば、場を整え正装して最上礼をもって受け取るべきものである。それを、食卓の塩の壺(つぼ)さながらにあっさりと渡された。手が震えて取り落としそうになり、あせってあわてて抱き止める。

クリュサルはおかしそうに、そんなエデトを見ている。

「きみの弟の即位を祝う皇帝勅書だ。時間がなかったから儀礼以上の意味はないが、勅書の内容は次の皇帝といえども反故にはできない。だから、これで示した友好関係はこの先も残る。公文書庫に収める複写もいま書記官に作らせているから、とりあえず誰がきみの弟の後ろ盾になっているか、すぐにきみの家臣たちに知らしめるといい」

「あ――ありがとうございます!!」

舞いあがるような気分のまま、素直すぎる言葉がやっと声になってくれる。

(リウの王位が皇帝に保証された!)

この皇帝勅書で、リウはこれまでの王よりも聖レオス帝国と近しい存在と見なされる。自治領となって半世紀経った〈森の国〉は、いまやあらゆる面で帝国の影響を強く受けている。まともな頭がある者ならば、その帝国の皇帝の不興、ひょっとすると敵意を買ってまで王位を奪おうなどとは思わない。

「これで、弟は無事に国事に臨めます。どう感謝を申しあげればよいか」

「そうかな。こんなものでは納得させられない人もいるんじゃない? 聖レオス帝国皇帝になど従う必要なし、古来の孤絶に復すべしと考える理想主義者たちがね。違う?」

エデトは彼に、これで三度驚かされた。

「どうしてそこまでご存じなのですか!?」

質問に別の質問を返してしまうという無礼も、クリュサルはかろやかに無視した。

「だから、勅書だけではなくてきみに直接言っておこうと思ったんだ。場合によっては、きみたちは強攻策を採る必要に迫られるかもしれない。そのときはためらわずに、彼らを流刑に処してもらいたい。送り先はここ、帝都だ」

と、指で床を示す。

「深い森に引きこもっているから、酔った夢を見る。だから強制的に醒まさせる」

さらりと言うだけに、かえって凄味がある。

「は、はい、わかりました」

エデトは何度もうなずいたが、そうしながらも頭はまだ驚きで占められていた。聖レオス帝国内の問題だけで十分多忙そうな皇帝が、辺境の自治領のごちゃついた内情にまで詳しいなどということがあるだろうか。

「もしかして、これが――神告なのでしょうか？」

聖レオス帝国を安寧と繁栄へと導くという神告が、一応は帝国の一部である〈森の国〉のために授けられたのだろうか。目の前で見た皇帝の神秘の力に、エデトはすっかり圧倒された。

だがその途端、クリュサルの顔にまた憂鬱の翳りが戻ってきた。しなやかな指までもが物憂げに、ベルトから下げた革袋をもてあそぶ。

「――そう言われるものではあるね」

彼に抱いた不敬な同情心がまた戻ってくる。

（どうしてこの人は、こんな暗い顔をするのかしら……？）

皇帝勅書という形あるものと、助言という形のないものという二重の恩を受けたいま、それはかえって強まっていた。礼儀上は保つべき沈黙に耐えられず、どうにかして彼を慰めたいという衝動のまま、エデトは口走った。

「あの、学がないものでぶしつけな言葉で申し訳ないのですけれど、とてもすばらしい力だと思います。できることなら、わたしにもあればよいのにと思います。本当に、心の底から」

クリュサルはエデトを見つめた。

否、にらんだ。涼やかなまなざしの温度は急低下して、凍てつくような視線となった。

（あっ――）

エデトはいまさらながらに、自分の失言を悟った。

神告は、聖レオス帝国でただひとり皇帝にのみ授けられる特別な力である。心からの純粋な称賛ではあったが、皇帝に並び立つ願いと取られかねない発言だった。

寛大すぎる皇帝をついに怒らせてしまった。頭をさしのべるようにエデトはひざまずいた。

「失礼なことを申しあげまして、心よりお詫びいたします。どのようにして陛下にわたしがいま感じている恩義と感謝とを伝えればよいか、そのすべもわからない無学の身を残念に思います。わたし個人へのご処置はどうぞご随意に。ただ、いただきました皇帝勅書を故国に送ることだけは、なにとぞお許しいただきたく存じます」

苦々しい声が降ってきた。

「立って。ごめん、そんなつもりではなかったんだ」

これ以上皇帝の意に背くことはできない。エデトはおずおずと立ちあがり、顔をあげた。

クリュサルが髪をかきあげた。そのまなざしは、また涼やかさを取り戻していた。とはいえ、憂鬱の翳りはより暗さを増している。声にまでその影が落ちている。

「欲しがるようなものではないよ。仮にきみにこの力があったとして、それがきみの国の滅亡を告げたならどうするつもり？」

「え――」

「困るだろう？　滅亡以外の未来はないか、間違いであってくれと願っても、そんな気配もない――それでも何度も、何度でも――でもずっと変わらない」

エデトは、クリュサルの憂鬱を理解した。

（絶望だわ）

自分の無力さをいやというほど思い知らされ、打ちのめされて、それでも逃げることを許されない。そんな境遇に、彼はいる。

「幸いなことに、まだはっきり滅亡への道のりが示されたわけじゃない。だが、このままではどうにもならないことは確かなんだ。帝国の未来を拓けない無能な皇帝に、皇妃は不要だ。一刻も早く次の皇帝を選び、退位する」

「たっ――」

退位、という重すぎるクリュサルの言葉に、エデトは息を詰まらせた。帝国全土の期待を受けて即位したばかりの皇帝から、そんな言葉を聞くとは思わなかった。

「それが皇帝となった者の、最低限の責任だ」

クリュサル自身は無責任な無能どころか、むしろ強い責任感とすぐれた能力を持ちあわせている。それだけに、退位という決断の痛々しさが増している。

(この人は、そこまで追いつめられている……)

同情心がまた増した。それと同時に、疑問も浮かんだ。

「あの、なぜ、わたしのような者にこのようなお話を……？」

クリュサルは微笑した。ときおり見せる人間味のある笑みとはほど遠い、乾いた表情だった。

「きみの望みをかなえるかわりに、こちらから頼みごとをしてもいいだろうと思ったんだ。どこか遠く、ふしぎな占いや言い伝えがありそうなところから、いまの皇帝は無能のろくでなしで帝国を滅ぼすとうわさが広がれば、結婚とうるさい宮廷も少しは退位に傾くかもしれない」

「そんな！」

「藁にでもすがりたいんだ。なんでもいいよ、皇帝にふさわしくないといううわさなら。女嫌いの男好きでも老嬢好みでも化け物の呪い持ちでも、これ以上皇妃を勧められないようなものであれば、なんでも。これくらいはお礼としてやってくれてもいいだろう？」

「ご恩にはきっと報います。ですが、そんなうわさなどなんの役にも立たないのでは」

「かもしれない。だが、ひょっとしたら役に立つかもしれない。とにかく、いまは退位の準備のための時間が欲しいんだ。結婚を押しつけられている暇はない」

その言葉を証明するかのように、クリュサルはさっさと隠し階段へ戻ろうとした。

「クリュサル陛下！」

エデトは声をあげた。ふりむいたクリュサルに、単刀直入に提案する。

「でしたらわたしと、やはり結婚いたしませんか？」

視界の隅で、護衛がぎょっと目を見ひらいた。

「もちろん、正式な皇妃になりたいなどとは思っておりません」

エデトは急いで否定した。

「ですが、藁にならなれるかと思いました。陛下にお時間が必要で、結婚を勧めてくる家臣と皇妃候補の列が邪魔だとおっしゃるのでしたら、それを止めることだけならわたしでもできるでしょう。もちろんこの偽装結婚以外の件では、陛下には関わりません」

クリュサルは苦笑しようとした。が、はっきり苦笑になる前に、彼は真顔に戻った。

「……なるほど。きみを皇妃にすれば、大臣たちはきみにかかりきりになる」

視線はエデトにまっすぐ向いていながら、彼はエデトをまったく見ていない。自己と向きあう一心な視線の奥で、高速で思考をめぐらせている。

「……陛下！」

それまで黙っていた護衛が、表情を硬くして短く制止する。

だが、クリュサルはまるで聞いていない。

「いや、結婚前に皇妃教育を施すとすれば、一年、最短でも半年は稼げるか。後継者を準備するのに十分とは言えないにしても、まったくないよりはずっといい」

ひとり自分と会話するようにつぶやいている。

ようやく見出せたわずかな希望にすがる、などという悲愴さはかけらもない。むしろ充実して楽しげな、工夫すれば届きそうな高い枝に鳥の巣を見つけた狩人のようだった。

（やっぱりこの人は、こういう顔をしているほうが似合うわ）

エデトはなんとなく、自分もうれしくなった。

クリュサルの意識がふと、エデトに戻ってきた。決まり悪そうな顔になる。

「申し訳ないんだが、きみの名前を忘れてしまった。改めて教えてはもらえないだろうか」

正式な名乗りとしての国と父と弟の名は出さず、エデトは簡潔に答えた。

「エデトと申します」

皇帝らしくもう一度名乗れと命じるだけでいいのに、律儀に詫びるクリュサルがかえっておかしい。笑わないように頑張ったが、それでも頬はいくらかゆるんでしまったかもしれない。

「エデト、いまのきみの申し出は、本気と受け取っていい？」

深緑の両眼が強い意志をたたえて、問いかけるようにエデトを見つめている。

「きみがこの偽装結婚で受け取れる利益は何もない。皇妃候補に特権なんてないし、結婚して皇妃になったところで、皇帝をさしおいてできることはない。離婚も皇帝のひと言で十分で、元皇妃という肩書きも無価値だ。それでも？」

エデトからすれば、今度こそ笑い出しそうになるほど無意味な確認だった。エデトが気になるのは、どうすればクリュサルに恩返しできるかという、ただ一点のみだった。

もともと〈森の国〉王家と皇帝との縁は薄い。しかも、こんなすぐにでも退位したがっている皇帝その人に恩を返す機会など、これを逃したら二度とないだろう。

（そんなことになったら、わたしは一生後悔する）

確信があった。だからエデトに迷いはなかった。

「受けたものは返すのが、森の掟です。弟にとってこの皇帝勅書がどれほどありがたいか、そしてわたしがどれほど感謝しているかに比べたら、そのようなことはなんの問題にもなりません。それでこのご恩に報いることができるのでしたら、喜んで引き受けさせていただきます」

クリュサルは深くうなずいた。そして心からうれしそうな顔になった。

「できる。いや、こちらから感謝しなくてはいけないくらいだ。ありがとう、エデト」

つられてエデトもうれしくなったが、ふと疑問がよぎった。〈森の国〉の結婚は、祖霊に誓う神聖な儀式となる。この見せかけだけの結婚は、はたして許されるだろうか。

（許される！）

エデトは自分に断言した。

（だってこの人はわたしを、ううん、リウを助けてくれたもの。わたしには〈森の国〉の国王の姉として恩返しをする義務がある。だったらなんの問題もないじゃない）

かくして皇帝との偽装結婚は決まった。

翌朝。クリュサルから大臣たちへエデトとの結婚の意志が伝えられ、宮廷はまたしても一夜にして大混乱に陥った。

§　§　§

「ただいま、リウ！」

旅装も解かないまま、エデトは小走りに〈森の国〉王宮の離れに入った。屋根のかわりに網を張った天井からきらきらかな陽光がさしこんで、小さな森のように茂る植木を照らしている。木陰の藁籠の小鳥に餌をあげていた、華奢な姿がふりかえった。

「ああ、姉さま」

さらさらと癖のない銀の髪と、形のいい金の両眼は、赤ん坊のころからずっと変わらない。

この国でときどき生まれる、金銀の輝きをまとった子供「月の子」――それがエデトの弟、リウだった。

もちろん自分と同じ黒髪黒目に生まれていても、同じようにかわいかったに違いない。エデトはぎゅっと弟を抱きしめた。帝都への出発前は頭ひとつ小さかったのに、その差がまた少し縮まった気がする。

鬱陶しそうなため息が聞こえた。

「はいはい、姉さま、お帰りなさい」

そんなちょっと生意気なところも相変わらずかわいい。エデトは笑顔でリウを解放した。

「元気だった？　ちゃんと食べている？　夜も早寝しているよね？」

「姉さま、もう子供じゃないんだからやめてよ」

リウは不服そうに口をとがらせた。

「ちゃんと自己管理はできているし、姉さまの動物たちの世話だってちゃんとしていたよ」

彼の申告を裏づけて、鳥籠の鳥たちはどれも元気そうだった。別の檻では、兎がおいしそうに草を食んでいる。

リウがちらりとエデトを見た。

「それより、帝都の気どった奴らにばかにされたりしなかった？　そもそも宮廷のくだらない舞踏会なんて、わざわざ姉さまが行く必要なんてなかったのに」

舞踏会出席を決めたとき、エデトはリウに、皇帝の後援を取りつけるという本当の目的までは話さなかった。成功の確信がなかったこともあるが、リウが断固拒否して、舞踏会出席も反対してくるだろうと思ったからでもある。

だが、目標達成したいまなら話せる。エデトは笑った。

「心配してくれてありがとう、リウ」

「……別に、心配なんてしてないけど」

「じゃあこんないい子のリウに、とっておきのおみやげ」

エデトは、旅のあいだ常に携えていた紙筒を渡した。

「リウの後ろ盾になってくれる皇帝勅書」

「え!?」

リウは目をみはった。

(喜んでくれた！)

とエデトがうれしくなったのも束の間、リウは急激に不機嫌そうな顔になっていく。

「……だから舞踏会に行ったの？　こんなもののために、帝都なんかに？」

「だって、皇帝の後援があればみんな納得するでしょう？」

「そうだね、後援だけならありがたいよ。だけならね。でも、何かをもらったらその分は必ず返すことになるんだよ。皇帝は、勅書の代償に何をしろって言ってきたの？」

エデトは小さくかぶりを振った。

「何も。クリュサル陛下はとても優しい人だったから。あ、自分のよくないうわさを流してほしいとは言っていたけれど、でもそれくらい」

「何それ。いまの皇帝って変な奴なんだな」

「そんなこと言わないの」

リウは疑わしげだった。

「本当にそれだけ？　姉さまはお人好しだから、だまされてない？」

「だから、そんなことはないってば。大丈夫。ただ、クリュサル陛下と偽装結婚はすることになったけれど」

「はああ!?」

リウは、今度は目をむいた。

「何を考えているんだよ！　姉さまが皇帝と偽装結婚!?」

「しーっ！　大きな声で言ってはだめ、リウしかこの話は知らないの」

エデトはあわてて、唇（くちびる）の前に指を立てた。さすがに偽装結婚というううわさはまずい。

「クリュサル陛下はこうして皇帝勅書をくれたのだもの。森の掟と〈森の国〉の誇りにかけて、恩を返さないわけにはいかないわ。――それに、なんだかかわいそうな人だったから」

リウはそれ以上声を荒げることはなかったが、この上なく不機嫌な顔をしている。

「かわいそう、って森から弱った生き物を拾ってくるくらいならいいよ？　僕だって世話を手伝えるし、時間がないときだって人をやることができるし、元気になったら森に帰せばいいし。でも帝国の皇帝がかわいそう？　だから結婚？　何もかもがおかしいよ！」

「そ、そう……？」

「そうだよ！　あーもう、やっぱり舞踏会なんて反対すればよかった‼　姉さまは、僕が言ったことを忘れたの？」

帝都に発つエデトを見送るとき、リウは気乗りしない顔で忠告をくれた。

──じゃあ、一度皇帝にあいさつしたらすぐ帰ってきなよ。ろくなことにならないから。

「忘れてなんて！　あなたの忠告はいつだってよく当たるもの」

「本当に？　あいさつしかしなかった？　皇帝には一度しか会わなかった？」

「それは……違うけれど」

「ほら！」

あいさつで終わらず求婚してことわられて話を続けたことは、たしかにエデトの決断だった。だがクリュサルと二度目に会ったのは、彼がいきなり部屋の壁から現れたためで、これは避けようがなかった。どのみちすんでしまったことでもあり、エデトは弟をなだめようと試みる。

「でも、ただの偽装結婚だから。それに、もしかしたら婚約だけですむかも。半年か一年か、クリュサル陛下は、とにかく必要なことをする時間が欲しいだけだから」

「何が、ただの偽装結婚、だよ。あとその名前を出さないでくれる？　なんかむかつくから」

「そんな言い方しないの。クリュサル陛下は、リウの後ろ盾になってくれるのよ」

「だから名前を出さないでってば。後ろ盾なんて、僕は頼んでないよ」

リウの機嫌は直りそうにない。せっかくの皇帝勅書も、いまにも放り捨てそうに見える。

エデトはため息をついた。リウにいくら反対されようと、もうクリュサルと約束してしまっている。今度は結婚仕度をととのえて、皇帝婚約者として帝都に戻らなければならない。

「とにかくそういうわけで、しばらく留守にするから」

リウは疑わしげにエデトを見ると、大きなため息をついた。そしてきっと眉を逆立てた。

「じゃあ姉さま、今度帝都に行くときには、絶対に僕の忠告を守ってよ？　約束だからね」

「うん、そうする。手紙も書くからね」

改めて場が設けられ、皇帝勅書がうやうやしく披露された。皇帝勅書を目の当たりにした一部の家臣の表情に、エデトは自分の選択が間違っていなかったことを知った。さらに皇帝との婚約を発表し、家臣も帝都への留学——実質的には流刑——ができることを伝えると、彼らの意志は完全にくじかれたようだった。

（こっちはこれでよし。これからちゃんと陛下に恩返ししないと）

エデトは、不機嫌そうに皇帝勅書を受け取ったリウの視線には気づかないふりをした。

§　§　§

深夜にもかかわらず、皇帝の居室〈冠の間〉には煌々とあかりが灯されている。さらにはまだきちんと宮廷服を身につけた書記官たちが集まり、それぞれ書類を手にしている。

ひとりクリュサルだけが、この状況に抗議するような寝間着だった。

「いい加減に私を休ませてくれ。それに、きみたちも休むべきだ」

さすがにいらだちながら言うと、書記官たちは悲痛な顔を向けてきた。

「ですがダンブリー閣下より、一日も早い挙式をときつく命じられております。クリュサル陛下のお手をわずらわせるのは心苦しいのですが、しかし準備を勝手に進めないようにと、これはクリュサル陛下ご自身が――」

たしかにそう言ってある。時間稼ぎのための偽装結婚なのだから、さっさと結婚式の準備を進められてそのたびに時間をとられては、元も子もない。できるかぎり引き延ばそうと、書記官に計画をあげさせては却下していった。

しかし、こうもすぐさま別の計画を練り直されて、昼夜を分かたず持ってこられるようになるとまでは想像していなかった。〈森の国〉王女との結婚にも狂喜していた老大臣のせっかちな顔が脳裡をよぎって、クリュサルは胸の底からため息をついた。

「……ダンブリーに、まずは皇妃教育の計画を立てるよう伝えてくれ。今夜はもう下がれ」

控えていた長身の護衛カドシュが、雛の群を追いやるように書記官たちを追い出した。

ようやく平穏が戻ってきた。クリュサルは額を押さえてぼやいた。

「早く彼女に来てほしいよ」

カドシュがふりかえった。眉をひそめ、丸みのある灰色の目も細める。

「なあクリュサル、本当に大丈夫なのか？」

表向きは主従だが、クリュサルが皇太子になったころからずっと一緒に育ってきた幼なじみでもある。ふたりきりのときは、カドシュの口調は昔に戻る。

「何が？」

「〈森の国〉の王女さまだよ」

「だから何が？　おまえもあの場にいたじゃないか。藁にならなれる、と彼女は言ったんだ。だったらありがたく、藁になってもらうさ」

藁というには行動力がありすぎるか、と思いつつ、クリュサルは付け加えた。

「野心はないと言っていたし、実際そう見えたし、もしそれがうそでも婚約破棄なんて簡単だ。彼女がいるあいだは、雑事をみんな任せられる。それだけでもありがたい」

カドシュは疑わしげだった。

「あの森育ちの王女さまにそんなこと――そもそも宮廷生活ができるのか？」

「別に、うまくやってもらう必要はない。むしろそうじゃないほうがいいくらいだ」

エデトが帝国の暮らしやしきたりになじむまで時間がかかれば、それだけ結婚式を延ばす口実になる。十分な皇妃教育をすませてから、と言えば誰もが納得するだろう。

だが、カドシュがまったく想像外の方向からたしなめてきた。

「それはそれでかわいそうじゃないか。慣れない土地で、ひとり苦労するなんて」

クリュサルは虚を衝かれた。

どこまでもしとやかに作法どおりにふるまうだけの他の皇妃候補とは違って、〈森の国〉の王女ははっきりと自分の意思を持っていた。その実現のために自分は何をすべきか、考えて実行する勇気も持っていた。

義務のために自分事を後回しにする傾向は、誰よりもクリュサル自身にある。なのでつい、そんな彼女の覚悟を当たり前のものとして受け取ってしまった。

最初は見合いを終わらせるため、そして次は弟の後援への恩返しとして、二度も求婚してきた彼女のまっすぐな視線を思い出す。彼女自身が望んだこととはいえ、あの凛と澄んだ双眸を曇らせてしまうのは、言われてみるとひどく残酷に思えた。

「優しいな、カドシュは。そんなこと、全然考えなかった」

「この人でなしめ。いくらあせってるからって、少しは人の気持ちを想像しろよ」

幼なじみならではの無遠慮なからかいは昔からだが、最近は言い返す気になれない。クリュサルは目をそらせた。落ちかかる髪をかきあげる。

「余裕がないんだよ」

立ちあがりざまに、机の上の書類をつかむ。

「だからいま、言ってもらって助かった。たしかにそうだな、できるだけ彼女を気づかおう。おれが彼女に執心していないように思われたら、また別の皇妃候補が連れてこられそうだし」

カドシュは微妙な顔をしたが、さっさと寝室に引きあげようとするクリュサルの姿に、あきらめたように息をついた。

「クリュサル、その書類は？」

「ああ、調査官にさらなる皇太子候補を挙げてもらったんだ。帝枝家にはもう人がいないと言われたから、かつて帝室から降嫁があった家系にも範囲を広げた。このなかの誰かが、ものになってくれそうならいいんだが」

カドシュが何か言いかけた。だがその前に、ふと部屋の外へ視線を動かした。

「――また来たぞ」

クリュサルはうんざりしながら手を振った。

「今度はダンブリーか？　入れてくれ。おれが追い返すほうが早い」

護衛の顔に戻ったカドシュが案内したのは、老大臣ではなく、別の三人の大臣だった。

「クリュサル陛下！　帝国の最重要事にございます、どうかお許しを」

入室するなり、ラフィアック侯爵が口火を切った。

「陛下の御心に背くのはまことに心苦しくはあるのですが、なれどわれらはやはり、あのような辺境の王女を皇妃と戴くことはできません！」

「そもそも他国の者が皇妃になった前例はございません。これはダンブリー伯も認めたところ。あの者が皇妃として不適格であることは、大臣一同の総意とお考えいただきたく存じます」

ジュス伯爵も口を添える。

自身の娘を皇妃に推していた彼らを、クリュサルは冷ややかに突き放した。

「進言はわかった、そして却下する。結婚するのは私だ。皇妃など娶るまいという私の気持ちが変わったのは、エデトだからこそだ。それに〈森の国〉は他国じゃない。彼女を舞踏会に招いておいて、いまさら何を言うんだ？」

きっぱり拒まれたふたりの大臣は、ほとんど同時に、責めるような視線を背後に向けた。

「――この件に関して、神告はどうなのでしょうか？」

そこにいた三人目の大臣が、不意に言った。

クリュサルは彼――メイルズ・ハーグレスを見た。灯火があるとはいえ、まぶしいという状況ではないはずだが、いつものように煙水晶の眼鏡をかけている。

ラフィアック侯爵が元気づいた。

「そうでした！　クリュサル陛下、いずれの令嬢を皇妃とすべきか、神告によってご決断を。神告は帝国を正しき未来へと導く聖レオスのご加護、必ずやふさわしい皇妃を――」

クリュサルはいっそう冷ややかな顔になった。これは演技ではなかった。

「口を慎め。今後も大臣でいたければ、聖レオスへの敬意を忘れるな。私個人の私的な判断のために求めろとは、聖レオスの神告を世俗の占いと同列に扱うつもりか」

ラフィアック侯爵が青ざめて口をつぐむ。だが、メイルズは違った。一見飄々(ひょうひょう)とした口ぶりで、さらに言ってくる。

「いやいや、われら臣民ならばともかく皇帝陛下のご結婚ともなれば、帝国の未来に関わることと言えましょう。ぜひ聖レオスへおうかがいしていただきたく」

険しさを増しそうになった自分の顔を自覚して、クリュサルは努めて静かに言った。

「もし、この結婚が帝国にとって問題となるのなら、すでに神告を授かっていることだろう。だがそうではないのだから、問題はないということだ。わかったら下がれ」

「――なるほど、よくわかりました」

メイルズの口もとに微笑が浮かんだ。

「さようですな。クリュサル陛下と神告に、誤りなどあるわけがございません」

メイルズはうやうやしく頭を下げ、三人の大臣は引き下がった。

彼らが去ったあとの扉を、クリュサルは少しのあいだ眺めていた。

「どうした、クリュサル？」

カドシュが尋ねた。

「いや――いまのメイルズの言葉には、ただの嫌味以上の含みがあった気がする。なんだか、おれが間違っていると確信しているように聞こえなかったか？」

「さあ？　まああの人、曲者(くせもの)だからなあ。自分の出世にも妹を皇妃にすることにもずっと興味がないような顔をしてるが、本心からそうかどうか」

「絶対に違うな。――メイルズの陰謀なんかにつきあう暇はないっていうのに！」

苦々しげに吐き捨てたクリュサルを、カドシュがなだめる。

「おれも気をつけてみるよ。あと、あの王女さまにはアシャをつけるんだろう？　それとなく言っておく」

「そうだな、頼んだ」

大臣たちの来訪で隠しておいた書類をふたたび手にして、クリュサルは寝室へ向かった。

カドシュがやれやれと言わんばかりの顔になる。

「休むときはしっかり休まないと、体を壊すぞ」

「ああ」

クリュサルは、まるで気のない相づちを返した。

第二章　仕組まれた毒殺計画

前回帝都を訪れたとき、エデトの連れは老臣と従僕の少年だけだった。そのころより風が冷たさを増した今日は、家臣と荷馬車、護衛の騎兵団という、堂々とした一行となっている。さらに皇帝からの迎えの者たちとも合流したので、街に入ると誰もが自然と道をあける。

エデトは今回も故国の礼装で騎乗し、その先頭に立っていた。

（さすがに〈森の国〉でも、花嫁は馬車か輿に乗るのだけれど）

家臣たちにもたしなめられたのだが、事前にクリュサルから指示があった。

──帝都に入るときには馬に乗って、先頭で来てほしい。

すでにエデトが皇帝の婚約者だと知れわたっているらしく、道をあけた者たちはもちろん、他の住人たちも街路の奥からわざわざ走ってやってきては、エデトをまじまじと見つめてくる。

（うわっ……）

エデトも一国の王女ではある。人の目にさらされることには慣れている。が、帝都では数が違った。馬の腹に一蹴りくれて、この無数の視線を置き去りにできたらどれだけほっとできるだろう。そこまでできなくとも、せめて礼装の大きな襟の陰に顔を隠せたら。

（恩返し！　リウの恩人への恩返し、恩返し、恩返し……）

この場を乗り切る呪文をくりかえし、エデトはうつむきそうになる顔をあげつづけた。

濃淡の石のモザイクで舗装（ほそう）された、美しい広場にさしかかる。

宮廷まであと半分――秋風に、小さな吐息をついたときだった。

「エデト！」

行く手から片手をあげて合図してきたのは、馬上のクリュサルだった。

「はっ、えっ⁉」

彼みずから迎えに来るとは聞いていない。とまどうエデトにかまわず、クリュサルはさっさと馬を近づけてくる。エデトはあわてて、皇帝への礼として鞍（くら）からすべりおりた。

くっきりと澄みわたる高い青空を背景に、クリュサルはエデトが初めて見る満面の笑みを浮かべた。屈託のない、周囲を明るく温かくする笑みだった。

（やっぱり、本当はこういう顔をする人なんだ）

おもわず見とれてしまったエデトに、笑みを含んだ声と同時に手が差しのべられる。

「それがきみの故郷のならわし？　いいよ、乗って」

「え、あの、いえ、え⁉」

笑顔は何も変わらない。だが、エデト以外の誰にも聞こえない、おだやかながらもきっぱりした声での指示が降ってきた。

「――乗るんだ」

これだけの人目の前で、揉めるところを見せるわけにはいかない。エデトは彼の手を借り、ぶつからないようひどく気をつかって彼の前の鞍上に落ちついた。

(なっ、なんでこんなことに……)

どう見ても、クリュサルに横抱きにされている格好だった。

(たしかに表向きは、将来の皇妃ってことにはなっているけれど、でもこれは……!)

無防備な格好で恥ずかしすぎる。と同時に、近すぎる。馬の歩みで少しでも体が揺れると、すぐに頭がクリュサルの胸にぶつかってしまう。気まずい。それに申し訳ない。エデトはできるだけ体を縮め、クリュサルから離れようとしたが、狭い鞍上では限界がある。

「――そう硬くならないでもらえるかな。いい考えなのに」

耳もとで、クリュサルが低い声で言った。

こんな近さで他人の声を聞いたことはない。くすぐったく落ちつかなくて、動悸がしてくる。

「な、何がですか?」

「おれがきみ以外目に入らないと思う人間が、これだけできる」

たしかに、見なくてもわかる。広場の端に追いやられた帝都の住民たちが、そろって好奇のまなざしを向けてささやきかわしている。今日じゅうには、皇帝が人目もはばからず溺愛する辺境の王女のうわさが帝都を駆けめぐっていることだろう。

「帝都とは異なる風習を持つきみを見て、大臣たちの皇妃教育にも熱が入るだろうし、それに、ただ馬を並べるより話しやすい。その分、時間も節約できる」

クリュサルは冷静に、それでいてどこか楽しげに言った。その態度は頼もしく、もし〈森の国〉に生まれていてもあらゆる狩りを成功させるいい長になっていたに違いない。

（かわいそう、なんて思っていいような人じゃなかった……）

エデトは過去の自分の軽はずみな誤解を少し後悔したが、いまさら遅かった。リウのための恩返し、とまた自分に言い聞かせ、小さく息を入れる。

「あの、陛下、お話とは？」

クリュサルは微笑んだ。最愛の人に再会した喜びだと、誰もが信じそうな顔だった。

「その前に、できれば笑ってもらえる？」

エデトは、ひきつる口角をなんとか持ちあげた。自分でも不十分だとわかった。

「……うん、ありがとう」

やりなおさせたところで無駄だと悟ったのだろう。クリュサルはそのまま話を始めた。

「きみには、アストリッドという女官をつける。気心知れた子で、この偽装結婚のことも説明してある。なんでも彼女に相談するといい」

そんな密謀を、クリュサルは、まるで睦言であるかのように耳もとにささやいてくる。

「あ、え、アスト――リッド――はい――」

亡き父とリウ以外に、こんなに身近に接した男性はいない。耳に直に触れられるかのように近い声、ふわっと温かな空気に包まれているような肌感覚に、羞恥心が際限なくふくらんでいく。いまにも胸がはじけそうで、もはやクリュサルの顔を見るどころか、話を聞くことすら怪しくなってくる。

目を伏せて、エデトは霧散しつつある平常心を必死でかき集めた。彼の声ではなく、言葉そのものだけに意識を向けようと試みた。

「きみの部屋はまた〈月の間〉。ただし、例の隠し階段は絶対に使わないように。あのときは特別に使っただけだから」

「――ハイ」

抑揚のない変な発音になったが、喉が詰まって声が十分に出なかったせいか、クリュサルは気づかなかったらしい。

「おもな連絡には、その女官か、先日の従者を使う。名前はカドシュ」

「――ハイ」

「このふたり以外には、絶対に偽装結婚と気づかれないように。きみはこれから皇妃教育を受けるから、できるだけ大臣たちの関心を自分に向けて、おれの時間を作ってほしい。もちろん、たまにはきみが気晴らしできるようにはする」

「――ハイ」

「頼りにしているよ」

クリュサルは小さな笑い声をあげた。

「じゃあついでに、ちょっと髪を直してもらえるかな」

「――ハイ」

エデトはぎこちなく、自分の前髪を指で梳いた。

「いや、きみのじゃなくて」

「ふぁいっ⁉」

びくっと反射的に、エデトはクリュサルを見てしまった。途端、懸命に保っていた平常心が、むなしく消えた。

「へ、陛下の……？」

「そう。きみが、結婚を無理強いされているように見えてもよくないからね」

微笑んでいたクリュサルは、そう言った直後に真顔になった。

「……あ、いや、ごめん」

なぜか急に謝られる。

自分はどんな顔をしてしまったのか。エデトは泣きたくなった。偽装結婚に協力する覚悟が足りないことが情けなさすぎる。彼に比べてあまりに物慣れないことが恥ずかしすぎる。そうでなくても熱すぎる頭全体が、さらにかあっと熱くなっていく。

（恩返し！）

エデトは震えをこらえて手を伸ばし、クリュサルのくすんだ金褐色の髪にどうにか触れた。

街路から複数の声が聞こえた気がしたが、何を言われたのかはもはや理解の外だった。

宮廷の〈月の間〉の寝台が目に入ると同時に、エデトはそこに倒れこんだ。

（何もしたくない……）

礼装を脱いできちんとしまわなければいけないし、荷物の片づけもあるし、髪もほどきたいし、旅のあとの体も洗いたい。それより前に、冷たい水が一杯欲しい。お茶でもいい。

だが、いまは指一本動かしたくない。できる気もしない。

クリュサルの髪を直したあと、いつ馬を降りたのか、そもそもどうやってこの部屋にたどり着いたのかも、記憶からすっぽりと抜けている。ただひとつ、あちこちからの声に応(こた)えて作った笑顔の記憶だけが、こわばった両の頬(ほお)に残っている。

（こんなの、もう無理かも……）

じわりとにじんだあきらめがあっという間に大きくなって、義務感を超えそうになる。

「……エデトさま？　ご気分はいかがですか」

エデトの様子をさぐるような声がした。

だるさが吹っ飛んだ。エデトはがばっと体を起こした。

まったく気づけなかった。飾り気のない濃紺のドレスを着た若い女官が控えている。長身と毛先に癖のある赤い髪に見おぼえがある。舞踏会の夜に案内してくれた女官だった。エデトに一礼してから、吊り目気味の碧眼が部屋の外を軽くにらむ。

「街でのお話は、すでに宮廷にまで届いております。さぞお疲れになったことでしょう。もう大丈夫です、わたしは事情も知っておりますし、どうぞおくつろぎください」

エデトはまばたいた。

「えっと――アストリッド、さん？」

女官は姿勢を正した。

「はい、武官グラブリド男爵家のアストリッドと申します。父はクリュサルさまとご縁がありまして、クリュサルさまがまだわたしより背が小さかった子供のころには、わが家でお世話していたこともございます。まあいまは抜かれましたので、妹分とお考えいただければと」

クリュサルの妹分を自称するということは、エデトよりも年下ということになる。長身も相まって堂々とした雰囲気の彼女だが、そこはかとない生意気ぶりがリウを思い出させて、エデトは知らずに微笑んだ。

（「兄」と仲良しなのね）

ひきつっていた頬が少し楽になる。エデトはそのまま彼女に笑いかけた。

「よろしくお願いします、アストリッドさん」

「わたしのことはアシャとだけお呼びください。子供のころにそう呼ばれるようになりまして、自分でも気に入っておりますので」

「あ、はい、えっと――アシャ」

「はい、エデトさま」

よくできました、とばかりにアシャも微笑んだ。やはりどちらが年上かわからない。

「しばらくごゆっくりなさってください。食べやすいものを用意しておきましたので、まずはこちらをお召しあがりください。そのあいだに湯浴み(ゆあ)の仕度をしておきましょう」

アシャがてきぱきと、壁際に置かれた豪華な銀の湯沸器(ゆわかし)にむかった。部屋に湯気がただよい、香り高いお茶と軽食、さらにいくつかの茶菓子が運ばれてきた。

と、扉が強めにノックされた。アシャが出た。

「――っ、どっ、どうぞ」

常に動じなさそうな彼女の気配がいきなり変わって、エデトはカップに口をつけたまま視線をあげた。先ほど聞いた名前を思い出す。

「あ、カドシュさん」

相当な長身の、あの晩ここでエデトの求婚に居合わせた護衛だった。二十歳くらいの青年だが、整えきれていない褐色の髪とくりっとした灰色の目に、少年のころが容易に想像できる。

「ただカドシュとお呼びください、エデトさま。自己紹介にまいりました」

エデトへの敬意は保ちながらも、親しみやすい表情だった。

「クリュサルさまの従者兼護衛を務めております。これからたびたびお目にかかることもあると思いますので、どうぞお見知りおきください」

「ええ、よろしくお願いします。陛下の護衛を務めて、長いのですか？」

「そうですね、もう十年――いや十五年近くになりますか」

ほんの子供のころからのつきあいと知って、エデトはアシャに尋ねた。

「アシャのところで陛下がお世話になったときは、ではカドシュも一緒だったの？」

「えっ！　――あ、は、はい、そうです」

ぽうっとしていたアシャがあわてて答え、カドシュが言葉を添える。

「はい、私もグラブリド男爵家ですごさせていただきました。おそれながらも正直な気持ちを申しあげれば、クリュサルさまとわれわれは、幼なじみのようなものです。今回の件にご協力くださるエデトさまのことは、われわれも全力でお支えいたします」

あいさつが終わると、カドシュはすぐに帰っていった。

扉を閉めるアシャが名残惜しげだったので、エデトはなにげなく言った。

「アシャは、カドシュも好きなのね」

ぱっと勢いよくアシャがふりかえる。

「なっ、ななななんでわかったんですか!?　エデトさまは人の心が読めるんですか!?」

と、エデトに詰め寄ってくる。

「いいっ言わないでください！　カドシュには！　絶対!!」

エデトはびっくりした。単にクリュサルと同じようにというつもりだったのだが、どうやらまるで種類が異なるものらしい。

「あの人、腹が立つくらい鈍感で……でもさすがに言われたら気づいちゃいます……!!」

「あ、はい」

アシャの勢いに気圧（けお）されて、エデトはそう答えるのがやっとだった。

彼女の顔は真っ赤になっている。カドシュが来るまでのてきぱきした女官の気配は消え失せて、一途（いちず）な少女がそこにいた。

「えっと——アシャもどう？」

お茶、とエデトは彼女に勧めた。先ほどまでの自分と同じように、きっとアシャも喉がからからになっていることだろう。

「いただきます……」

アシャとカドシュに、エデトは好感を抱かずにはいられなかった。このふたりが味方してくれるなら、そして彼らに好かれるクリュサルなら、なんとかなりそうだという気になる。

馬に乗せられる直前、青空を背景に見たクリュサルの笑顔が、自然と脳裡（のうり）によみがえった。

（……これならなんとか恩返しできる、かな）

向きあってこくりとお茶を飲んで、エデトとアシャは一緒にほうっと息をついた。

§　§　§

そのころ。クリュサルは自分の部屋で、道化のラケイドに詰め寄られていた。

「迎えに出るのなら、なぜ私を置いていかれたのですか、クリュサル陛下！　しかも、いまもあいさつにも行くなとはどういうわけですか！　カドシュは行かせたというのに、あまりに不公平ではありませんか！　〈森の国〉の王女とは、珍客中の珍客だというのに!!」

憤慨のあまりに頭が揺れて、帽子の驢馬の耳までぴょこぴょこ動いている。

道化らしい動きだが、ラケイド本人はこの世で最も道化が似合っていない青年だった。背はクリュサルよりやや高く、秀でた額が濃茶色の前髪を割り、その下の髪よりも色の薄い切れ長の目はすべてを見てとろうとするように力強い。

「うん、そうだな」

窓辺に座ったクリュサルは、おざなりに同意した。

「小国の〈森の国〉とつきあいのある商人は、帝都では少ないのです！　まして王女と会ったことがある者など皆無です。聞きたいことは山ほどあります！　風習、思想、産物――」

「うん、そうだな」

そこにカドシュが入ってきて、あるじに詰め寄る道化の姿に目を丸くした。苦笑して、ラケイドの肩に手を置く。

「ラケイド、中庭で〈森の国〉からの荷下ろしをしてるぞ。興味あるんじゃ？」

途端、ラケイドはふりむいた。

「あるに決まっているでしょう！　行きます！」

「うん、そうだな」

部屋から走り去ったラケイドにひと目もくれず、クリュサルはぼんやり言った。

カドシュは息をついた。部屋に帰るなり自分をエデトのところへあいさつに行かせたあと、クリュサルは着替えてもいない。自分が戻ってきたことにも気づいてないらしい。

「何をそんなにぼけっとしてるんだ？」

クリュサルがはっとわれに返った。

「彼女は!?」

先ほど自分に詰め寄っていたラケイドさながらに、矢継ぎ早にカドシュに尋ねる。

「エデトに会ってきたんだろう、様子はどうだった？　気を悪くしていなかったか？　やっぱりやめるとか帰るとか、まさか言っていなかったよな？」

カドシュはあきれ顔になった。

「そんな心配するくらいなら、自分の馬になんか乗せなきゃよかったのに」

　ぐ、とクリュサルはひるんだ。

「あれは――だってそのほうが、説得力が出るだろう？　おれが皇妃にするのは彼女以外にない、だから彼女を皇妃にふさわしくするしかない、と思わせることで、大臣たちの関心は彼女に集中する。退位をやめさせるためにも結婚を成功させようと、躍起になってくれる」

「と、おまえは考えたわけだ。そりゃおまえは、理にかなってるって理由だけで、どんなことでもやれるけどさ。みんながみんな、そうってわけじゃないからなあ」

「彼女も一国を背負っている王女だし、あれだけきっぱり恩返しと言っていたから……もっと割り切っているかと思ったんだ」

「まあな。国のしきたりなのか自身の矜持なのかはともかく、エデトさまの、恩返しとしておまえと偽装結婚するという覚悟はうそじゃないだろうよ。ただ年齢の割に奥手っぽそうだから、実際どうなるかとは思ったんだが」

「わかっていたなら言ってくれ！」

　クリュサルはがっくりうなだれた。

「すぐ目の前であんながちがちに縮こまられて、唇噛みしめられてみろ。きついぞ……」

　支えなければ落ちてしまうとでもいうかのように、片手で頭を押さえる。

「ものすごく悪いことをした気分になった」

「そりゃ、同意もないのにべたべたするのは悪いことに決まってる」

「……とどめを刺しに来ないでくれ、頼むから」

「まあ自分が暴走しがちってことがわかったなら、これから気をつけるしかないんじゃないか。世の中すべてが理屈どおりに動くと思うのは、クリュサルの一番いけない癖だ」

深いため息をついてから、クリュサルは金褐色の髪の陰から顔をあげた。

「――そうだな。そして一刻も早く準備をととのえて退位する。それが彼女のためでもある」

カドシュがにっこりした。

「お、人でなしが進歩したな。思いやりを持てるようになったのはいいことだ」

「うるさい。――よし、朝まで誰も入れないでくれ」

窓辺から立って寝室にむかおうとしたクリュサルを、カドシュは短く止めた。

「晩餐会」

小さくいらだちの声をあげて、クリュサルは天を仰いだ。

「そんな顔するなよ、エデトさまの歓迎の場でもあるんだぞ。それに夜更かし続きで昨日も今朝もろくに食べてないんだから、公の場でくらいちゃんと食べろよ」

「わかっている。――いや、でも、どんな顔でエデトに会えばいいんだ」

「顔はさっきと同じでいいさ。エデトさまも許してくれるだろ、またべたべたしなけりゃな」

「好きでやったわけじゃない！　あんな恥ずかしいこと、必要がないなら誰がするか」

クリュサルはぶすっとした。

§　§　§

熱い湯に、すべての疲れが溶け出していく。エデトはうっとりと息をついた。

（情けないこと言ってないで、頑張らないと——リウのためにも）

そういえば出立（しゅったつ）時、リウは言っていた。

——皇帝とは、公の場だけで会うようにすること。もしふたりきりなんかになったら、今度こそろくなことにならないから。

はい、とエデトは神妙にうなずいたが、いざこうして到着してみると笑ってしまう。

（そんな忠告なんて必要なかったのに）

ふたりきりどころか、ひとりきりにもなれないのがこの宮廷というところだった。

「エデトさま、晩餐会前です。のぼせないよう、そろそろあがられたほうがよろしいかと」

衝立のむこうに控えているアシャから、声がかけられた。

「はい。じゃあ着替えをそこに置いておいて」

「ひとりで着るようなものではないですよ？　わたしがお着せします」

エデトは反射的に、胸の前で腕を合わせて体を隠した。湯船に波が立った。

「えっ、いっ、いい、いいです！　教えてもらえれば、自分で着るから!!」

自分の面倒は自分で見て、その上で助けあう森の掟をもとに成り立った〈森の国〉では、王女といえども、着替えは自分でおこなうのが常識となっている。

アシャは中下級貴族である男爵令嬢だが、エデトから見れば磨き抜かれた宮廷の貴婦人のひとりだった。そんな洗練された相手に、宮廷文化の端にもいなかった自分の体をさらして平気でいられる神経は、エデトは持ちあわせていなかった。

衝立のむこうから、アシャがとまどった顔をのぞかせた。エデトはあわてて説明した。

「あの、ね、わたしの国では、みんなひとりで着替えるから。人に着せてもらうなんて、ひとりで着替えられない小さな子供くらいで」

「お恥ずかしいんですか？　ですが、わたしはエデトさまに仕える女官です。これが仕事なのですから、何も気になさることなどありませんよ」

「わっ、わたしが気にするから！　自分で着てみる!!」

「ですがエデトさま……無理ですよ？」

アシャは衣装を見せてきた。淡いライラック色の絹地を銀糸で彩り、ふんわりふくらんだ袖と対照的に腰をきゅっとしぼった、華やかなドレスだった。

宮廷ではこれで普通という知識はある。しかし、自分が着るとなるとそうは思えない。

「それ、動きにくくない……？　袖口もこんなにたくさんレースがついて、どこかにひっかけてしまいそう。アシャみたいな、もっとあっさりした服がいいと思うのだけれど」

「エデトさまが動くようなことはございませんから」

それこそあっさりした口調で、アシャが言った。

「ですのでこちらも、ひとりで着られるようにはできておりません」

（た、たしかに……）

袖口の、まるで蜘蛛の糸のように薄いレースだけでなく、絹地も見るからに繊細で、ちょっとひっぱった途端に破けてしまいそうな恐怖すら感じる。もはや覚悟を決めるしかなかった。

「……お願いします。でも、肌着くらいは自分で着させて」

アシャがひっこんでくれた隙に、エデトは急いで、胸もとから腿までを覆う短肌着を身につけた。この姿でもまだ逃げ出したいくらい恥ずかしいが、自分で選んだことだった。

（恩返し！）

ここで逃げるわけにはいかない。それにアシャもこれが仕事なのだから、何を思ったところで表には出さないでくれる――とエデトは信じた。いや、祈った。

着付けが始まった。せめて気をそらそうと、エデトは室内を見やった。

棚に、ずらりと書物が並んでいる。帝国の教養の根幹をなす『聖レオス年代記』『帝国記』等の分厚い史書、地理書から、それよりずっと薄い『宮中作法』『帝室儀典』といったすぐに役立ちそうな手引書までそろっている。すでに皇妃教育は始まっているらしい。

「……アシャ、本を取ってくれる？　着せてもらうあいだに少しでも読んでおけるし」

これから晩餐会であることを考えると、気になるのは『宮中作法』だった。だが、クリュサルはエデトに、大臣たちの関心を引きつけてもらうことを望んでいる。それならばむしろ常識なしの礼儀知らずのまま晩餐会に臨むほうが、彼の意に添う。

「『帝室儀典』をお願い」

「はい、どうぞ。では、そのまま立っていてください――それから両手を前に――」

作業するアシャの楽しげな声を意識の外に追いやろうと、エデトはページをめくった。婚約式、という単語が目に入った。クリュサルの退位の準備がうまくいって結婚式を挙げずにすませられても、ここまではやるかもしれない。読みすすめてみる。

幸い、そこまで〈森の国〉の習慣と違わない。もちろん規模と手順には差があるが、婚約者間の贈り物交換、相手家族へのあいさつ、両家そろっての祝宴という大筋は同じだった。

(リウは来られないけれど、どうせたぶんいやがるだろうし、何よりこれは偽装結婚だし)

省略してもいいだろう、と先へ進む。と、知らない言葉が目に入る。

――〈聖舎〉での宣誓。

「アシャ、〈聖舎〉というのは何?」

「えっ、なんですか――ああ、わかりました。申し訳ありません、それは古い版です。あとで最新版に差し替えておきますが、いまはそこは使いません」

「昔の婚約式で使った場所なの?」

「前の皇帝陛下のときまでです。聖レオスを祀った帝室の聖地で、代々の皇太子殿下もそこに住む習わしだったんですが、十年前に焼失してしまって」

「どうしてそんな大切な聖地が、十年も放置されているの？」

「たしか、それが前の皇帝陛下の唯一の神告だったような？　ともかく〈聖舎〉は廃止になったんです。わたしもまだ子供でしたからよくは知りませんが、焼けたあとはそのままということになって。そのせいでクリュサルさまたちがわが家に来ることになったんですよ。あのころのクリュサルさまは、わたしより頭半分小さくて。カドシュはもう大きかったですけどね」

アシャは作業を再開しながら言った。彼女は当時七、八歳だろうか。当然ではあるが、国家の事情より、わが家に突然やってきた客人の記憶のほうがはるかに強いらしい。

「陛下は、ご家族のところには帰られなかったの？」

一瞬、アシャの手が止まった。

「……ご家族、というかご両親はいらっしゃらないんですよ」

「え？　前の皇帝陛下は崩御されたのではなくて、退位ではなかった？」

「クリュサルさまは、前の皇帝陛下のお子ではなくて、帝枝家の出身ですから」

「そちらの実のご両親は？」

「たしか、母君は産後まもなく、父君は皇太子に選ばれたころに体調を崩して……と」

しんみりした雰囲気を変えようとするように、アシャはそこで明るい声に切り替えた。

「さ、できました。間に合わせのお召し物ですが大丈夫そうですね。それにお肌もきれ――」

せっかく羞恥心を忘れることができていたのに、いきなりそのまっただなかに引き戻される。エデトはびくっと肩をすくめた。

「頑張って褒めてくれなくていいから！　何も言わなくていいから！」

「頑張ってなどいませんが、かしこまりました、何も申しません」

すまし顔にほんのり笑い声の気配を残しながら。アシャは細かな直しに取りかかった。が、その手がふと動きを止め、視線も止まる。

「――あ、これは！」

エデトははっと、胸もとのお守りを手で隠した。人には見せないようにしていたのに、いつもの癖で、ついそのままにしてしまった。故国の服なら隠せたのだが、それよりずっと広いドレスの襟ぐりに、素朴な組紐(くみひも)細工が露(あら)わになってしまっている。

アシャは困ったように眉(まゆ)をひそめた。

「ちょっとこれは合いませんね……」

エデトはぞっとした。母の形見のお守りは自分の体の一部も同然だった。はずせない。

「でも、本当に大切なお守りなの。――お願いアシャ、内緒にして」

「かしこまりました」

アシャは頼もしくうなずいた。

「望ましくないからといってあきらめるようでは、わたしがいる意味がありません！」

アシャは控え部屋に下がり、戻ってきたときには、ドレスの袖口と合ったレースの付け襟を持っていた。

「これなら隠せると思います――こうして――これで――ほら！」

エデトは、それまで目をそらしつづけてきた姿見に、おそるおそる目をやった。付け襟で、見事にお守りが隠されている。その発想と腕前に、エデトは素直に感心した。

「すごいわ、アシャ。ありがとう」

アシャは得意げだった。

「ざっとこんなものです。では晩餐会にまいりましょう」

皇帝婚約者の到着を歓迎するこぢんまりした晩餐会、とエデトは聞いていた。

（これで!?）

穂の紋様が施された扉のむこうの小広間には、どう見ても三十人以上の出席者がいた。少なくとも〈森の国〉基準では「こぢんまり」という規模ではなかった。

しかも厳めしい大臣らに加えて、その夫人や令嬢もエデトを待ち構えていて、仮にも歓待の場とは思えない緊張感に満ちている。辺境の王女への好奇、そんな者が皇妃になるのかという不安の視線が入りまじるなか、恨みと怒りを露わにしたいくつかの視線が際立っていた。

（当たり前よね。わたしは、あの人たちからしたら裏切り者だもの）

令嬢たちの引き立て役にするように言っておいて、皇妃の座を奪うことになってしまった。ラフィアック侯爵たちからすれば、エデトをいますぐ地の底に叩き落としてやりたいだろう。

それもまた義務だった。エデトは視線を引き受けつつ、アシャの介助を受けて席に着いた。

わずかに遅れてクリュサルも現れ、隣に着いた。手慣れた給仕たちが豪華な料理を運びはじめ、楽士もおだやかな旋律を奏ではじめた。

「大丈夫？　疲れているだろうし、アシャに任せて、適当なところで切りあげてくれ」

彼の気づかいと同じくらい、馬上と違って保たれている距離がありがたい。

「はい、ご心配なさらないでください」

これならエデトも、落ちついて受け答えできる。微笑を返す余裕すらある。

それよりもよほど、料理のほうが問題だった。

塩と香辛料と香草であっさり仕上げる〈森の国〉の料理と違い、宮廷の料理はどれもこってりと凝ったソースがからめられている。美味だがこうも立てつづけに出されると、エデトの舌はだんだん拒否反応を起こしてきた。きゅっと胴をしめつけるドレスも胃に優しくなかった。

（ああ、この魚も塩と胡椒だけで食べたい……！）

ふと隣を見ると、クリュサルの皿の料理はほとんど残っていた。

エデトの背後に控えるアシャも、クリュサルの皿に気づいた。小声で鋭くたしなめる。

「――また食べてないじゃないですか！　いまくらい、ちゃんと食べてください！」

クリュサルは仕方なさそうに、皿の料理をつついた。

「食欲がないんだよ。無理に食べるのもよくない」

（――言われてみれば）

エデトはまじまじとクリュサルの横顔を見つめた。最初に会ったときより、少し痩せている。疲れているだろうと気づかってくれた彼のほうが、実はよほど疲れているらしい。

（昔のリウみたい）

くたびれて食欲をなくしては、そのせいでいっそう体力が落ちて寝こんでしまった幼少期の弟を思い出して、心配になる。

突然、のんきさを装った声がした。

「いやあ、そうやって並んでいらっしゃると、よくお似合いですな」

（メイルズ・ハーグレス……）

夜でもかけている煙水晶の眼鏡にうっすら透ける視線はとらえどころがなく、ラフィアック侯爵たちのようなあからさまな非難を向けられるよりも、むしろ不気味だった。

「こたびのクリュサル陛下のご決断に聖レオスも忠告されないからには、今後のご生活も順風満帆ということで。安心いたしました。おめでとうございます、クリュサル陛下」

エデトの隣のクリュサルが、低い声で言った。

「メイルズ、神告は私個人の事情のためのものじゃないと言っただろう。くりかえさせるな」

「これは失礼を。喜びのあまり、いささか酒をすごしたようです」

隣にはミウステアがいて、不安そうに兄を見つめている。

「ですがクリュサル陛下には聖レオスの加護があることは疑いなし、クリュサル陛下のご決断は常に間違いなし、帝国がいよいよ栄える兆しにございましょう。乾杯」

メイルズはひとり陽気に杯を掲げ、飲み干した。すでにかなり飲んでいたらしい何人かの大臣たちも、楽しげに続いた。

(言葉どおりの祝福には聞こえなかったけれど……)

今度は、濃い色のソースで煮込まれた巨大な塊肉が運ばれてきた。給仕長が手際よく切っていき、肉汁をたっぷり含んでとろとろに柔らかな肉切れがエデトの皿にも載せられる。

(うん、これなら大丈夫そう)

父が秋の猪を獲ってきたとき、母が手ずから作ってくれた煮込み肉に似た香りがする。どんぐりで養われた脂身も煮込まれることでさっぱりして、リウの体力回復にもよかった。

「主菜です。このあと女性は次の間に移って、そこで解散となります。——ほら、クリュサルさまもこの甘辛の煮込み肉はお好きでしょ、食べてください！」

アシャが、クリュサルを小声で激励した。だが彼は憂鬱そうなため息をついただけだった。

「部屋に戻ってから、軽食をとる。おれはいいから、エデトの介添えに集中してくれ」

気づかわしげなアシャの視線が、同意を求めるようにエデトに向いた。

彼との距離が保たれていた分、エデトは大胆になれた。

（あなたの心配はよくわかるわ）

心のなかでアシャに答えながら、エデトはクリュサルの皿とフォークを手にした。フォークだけでほろりと切れた肉切れを、彼の口もとに差しのべる。

「どうぞ、陛下。とっても美味しそうですよ」

クリュサルが、ぎょっと後ろに下がった。しかし、そこには椅子の背もたれがある。

それ以上逃げられない彼に、エデトはなおも肉切れを近づけた。あらかじめ『宮中作法』は読んでこなかったが、出席者たちのとまどいのどよめきからしても、帝国の作法には確実に反しているに違いない。

「――わたしの不作法への、ご協力をお願いします」

エデトは小声で、クリュサルに頼んだ。偽装結婚以外では彼に関わらないと約束しているが、健康のためのこれくらいのおせっかいは許してもらってもいいだろう。

するとクリュサルは笑顔を作った。あきらめをつけたらしい。

「――そうだね、美味しそうだ」

頬はほんの少しこわばっていたものの、彼は出席者たちにも聞こえるように同意して、子供のように素直にエデトが差し出す肉切れを口に入れた。どよめきがさらに大きくなった。

アシャが目を丸くし、それからエデトを見てくすりとした。共犯者の笑みだった。

やがて主菜を食べ終わるころ、貴婦人たちが示しあわせたかのように、次々としとやかに席を立っていった。

「さ、エデトさま、まいりましょう。こちらですよ」

どことなく親しみを増したアシャに付き添われて、彼女たちのあとから次の間に入る。

数人ずつになった貴婦人たちは、社交上の微笑をたたえながらもエデトを遠巻きにしている。

「アシャ、ここにはどれくらいいればいいの？」

「今夜の接待役のラフィアック侯爵夫人があいさつに来ます。いやな人ですけど、それまで少しだけ、どうか我慢してください」

冷ややかな貴婦人たちを抗議を込めてにらむアシャを、エデトはなだめた。

「大丈夫よ、ただ聞いただけ。歓迎なんて、最初から期待していないもの。それより、ここに並んだ肖像画はどんな人たち？」

アシャの気をそらそうと、エデトは壁にずらりと並んだ小ぶりな肖像画について尋ねる。

「歴代の皇帝陛下ですよ。即位の際に描くんです。クリュサルさまのものはまだですけどね」

エデトは一番端の肖像画を見た。二十代後半の青年の胸もとまでを描いたもので、見事な衣装といいきっちり整えた薄茶色の髪といい、洗練を極めている。だが、まるでこちらに挑みかかってくるかのような眼光と力の入った口もとは、強烈な我（が）の強さを思わせた。

（この人が、前皇帝ヴァルゼー……）

彼の衰えがひどく退位やむなしとなったことで、クリュサルが即位した。まだ五十歳前後のはずで、この肖像画でも健康そうに見えるのに、その後体調をくずしたのだろうか。

「──ラフィアック侯爵夫人が来ましたよ。これで終わりますよ」

アシャがささやいた直後、声がかけられた。

「はじめまして、王女殿下。クリュサル陛下とはたいそう仲がよろしくて、結構ですこと」

仲間をひきつれた中年の貴婦人が、完璧な作り笑いを浮かべていた。

「ですがお国の作法はほどほどにして、きちんと宮廷の作法を学ばれるほうがよろしいですわよ。そうではございませんこと、ハーグレス侯爵令嬢？」

可憐な令嬢が、ラフィアック侯爵夫人に似た面差しの令嬢に腕を引っ張られてエデトの前に押し出された。ミウステアだった。

「──あの、わたくしは何も」

この状態は彼女の本意ではないようで、エデトと令嬢のあいだで困っている。しかしラフィアック侯爵夫人は、ミウステアの意思などまるで気にしていなかった。

「クリュサル陛下もずいぶん変わったことをなさいますわ。女官たちのなかに気安い武官家出身の者がひとりいるのはようございますけれど、まさかそのひとりだけなんて。作法を学ぶにしても、自分の作法も怪しいそんな者ひとりでは、行きとどかなくて当たり前ですわ」

自分への嫌味がいきなりアシャに飛び火して、エデトは内心驚いた。アシャを見る。

アシャの目は怒りに燃えていたが、その目は伏せられ、軽く唇を噛みしめて耐えていた。

(わたしが不作法だと、そばにいるアシャが悪く言われるのかしら)

なんにしても、アシャを悪く言われて無視はできない。したくもない。

「宮廷の作法は難しくて、わたしがおぼえられないだけです。彼女のせいではありません」

「いいえ、肝心なのは講師の質と熱意ですわ。王女殿下もそんな女官を押しつけられて黙ってないで、おっしゃるべきことはきちんとおっしゃるべきですわ」

怒りよりもとまどいで、エデトは眉をひそめた。

「わたしはここでは、彼女の手を借りなくては着替えすらできません。自分にはできないことができる者、かわりにやってくれる者を蔑むことは、わたしの国では無知な高慢としてそれこそ蔑まれます。こちらでは違うのですか？」

ラフィアック侯爵夫人が、作り笑いをかなぐり捨てて目をむいた。

アシャが目配せしてきた。エデトはあわてて侯爵夫人にあいさつし、部屋を離れた。

「あれで大丈夫だった？」

エデトは半歩後ろのアシャに問いかけた。アシャはにやにやとほくそ笑んでいた。

「ええ、とってもすかっとしました！」

個人的な感想ではなくて、とエデトが聞き直す前に、彼女は力説した。

「蔑まれる、ってぴしりと言ってやったのが特によかったです！　恥ずかしいことって言ってたら、あそこまで効きませんでしたよ。あの人の恥って全然見当違いのことですもん」

（……まあ、いいわ）

アシャがこうも楽しそうなら、少なくとも間違ってはいなかったということだろう。

「それにしても、どうしてわたしよりアシャを悪く言ったのかしら？」

「わたしが武官の男爵の娘で見下しているということもありますが、あれは毒なんですよ」

「毒？」

「クリュサルさまやわたしに悪意があるかのように、エデトさまに吹きこんだつもりなんです。それでエデトさまに疑わせて、仲違いするようにって。本当にいやな人なんだから」

陰謀だの策略だのは〈森の国〉にもあるが、宮廷のそれは趣が違う。

「宮廷ではこんなことまで洗練されているのね。わたしは鈍いから、わからなかったわ」

純粋に感心したエデトの口ぶりに、アシャは今度はぷっと吹き出した。

「――エデトさまって、すてきな方ですね」

突然褒められて、エデトは苦笑した。

「だからアシャ、頑張って褒めてくれなくても」

「全っ然頑張ってなんていませんが？　――それよりエデトさま、さっきのクリュサルさまの顔、おぼえてます？　傑作でした！　あんなの、子供のころだってなかったですよ」

§　§　§

自室では、人目を気にする必要はない。宴席から〈冠の間〉に戻ったクリュサルは、荒っぽく着替えはじめた。じろりと横目に、長身の護衛をにらむ。

「笑うな、カドシュ」

「笑ってなんてないが？」

「うそつけ、絶対笑っていた」

カドシュはそこで、ついに笑みをこぼした。

「笑ってないって。ただよく頑張ったなと思ってさ。お歴々（れきれき）の目の前で、あーん、だもんな」

クリュサルは目をそらせた。

「うるさい」

「まああんなことをしてくれるんだから、昼間のやらかしでおまえを嫌いになったわけじゃないようだな。よかったじゃないか」

幼なじみならではの無遠慮さで、カドシュはにやにやともう一度くりかえした。

「さすがのおまえも、あーん、は予測してなかっただろうけどさ」

「だからうるさい、しつこいぞ！　……誰が予測できるか、あんなこと」

クリュサルはぶすっと言い返した。乱暴に寝間着に袖を通す。

「大体、そんなどうでもいい予測にかける時間はない」

「今夜も皇太子選びか？」

「当たり前だ。まだ候補者だってしぼりこめてないんだぞ」

「じゃあその前に、最近冷えてきたからな、上掛けがあったほうがいい。待ってろ」

ゆったりした椅子にクリュサルを座らせ、カドシュは戸棚に行った。寝間着にはおる秋冬用の上掛けを探すふりをして、背後のクリュサルをひそかにうかがう。

まもなく、クリュサルはあくびを噛み殺しはじめた。カドシュは上掛けを持っていった。

「さすがにくたびれたみたいだな」

「……いや、これくらい、別に」

「おまえの責任感は知ってるよ。ただな、たまには頭も休めてやらないと、いい考えも浮かばないぞ。いまのくたびれた頭で、ちゃんと判断できるのか？」

クリュサルは無言で立ちあがったが、迷いがうかがえる。カドシュが黙って見守っていると、一度息を入れたあと、力なく肩を落とした。

「――だめだ、今日は寝る」

このところの寝不足に加えて、胃に入れた煮込み肉がいい仕事をしているのだろう。すでに瞼（まぶた）が重そうなクリュサルに、カドシュは笑みを噛み殺してうなずいた。

§　§　§

『――ついてくれる女官はアシャといって、とてもいい人です。それにすごく頼りになるの。陛下も気づかってくれます。あなたの忠告はどうやっても破れそうにないから、全然心配しないでね。森の黄葉はそろそろ終わりでしょうか。リウも温かくして、体に気をつけて――』

起床後リウへの手紙を書いていたエデトは、ノックの音に顔をあげた。アシャが入ってきた。

「……着替えね」

「はい、エデトさま」

アシャの笑顔に、エデトはため息で応えた。この朝の行事は宮廷にいるかぎり続くのだろうが、慣れそうにない。さらに昨夜、この人手がかかる衣装の別の不自由にも気づいてしまった。

「アシャ、ひとつだけ。ほんのちょっぴりでいいから、裾(すそ)を上にしてもらってもいい？　昨日の晩餐会のときも何度か、裾を踏んづけそうになってしまったから」

「まだ絹靴(きぬぐつ)はできてませんのに、そのブーツを見せちゃうんですか？」

いまのエデトは、そのまま森に行ける〈森の国〉の頑丈(がんじょう)な革ブーツしか持っていない。故国の礼装はこれでいいが、宮廷の華麗なドレスにはお守り以上に合っていなかった。

「でも、このほうが田舎(いなか)王女らしいと思うし」

姿見の前での攻防のあと、靴先がのぞく丈で決まった。

「ありがとう、これならなんとか走れるかも」

「貴婦人が走らねばならない状況なんて、宮廷にはないですけれどね」

と、アシャが笑ったその直後だった。

「――王姉殿下、荷が！」

悲痛な声がして、エデトとアシャはあわてて部屋を出た。控え部屋で〈森の国〉の従僕の少年が泣きそうな顔をしていた。

「案内を！」

最後まで聞くことなく、エデトは両手で裾をあげて走り出した。


エデトの身のまわりの荷は、すでに〈月の間〉に運びこまれている。となると、荷が、という少年の言葉が示すものは、皇帝への礼物として持参してきたものに違いない。

一瞬でそう考えての行動だったが、ドレスは走るようにはできていなかった。旧棟の長い廊下であっという間に従僕の少年に追い抜かれ、彼のあとをついていくのも一苦労だった。

息を切らしながらそれでもなんとか着いたのは、半地下の倉庫だった。〈森の国〉の従者たちと、宮廷服をまとった大臣が対峙していた。

「何があったのですか！」

エデトは彼らのあいだに割って入った。

「おやおやこれは、〈森の国〉の王女殿下」

煙水晶の眼鏡がこちらに向いた。メイルズ・ハーグレスだった。口もとにこそ困ったような笑みを作っていたが、眼鏡の奥に透ける視線は針のように鋭い。

「こちらこそ、おうかがいしたいですな。〈森の国〉の蜂蜜といえば帝都でも評判の高級品ですが、このような効果があるとはうかがっておりませんぞ」

「え？」

彼が示した床には割れた小壺が転がり、とろりと銀色の液体がこぼれている。

（――祝福の銀蜂蜜が！）

森の奥にある花畑でしか採れない貴重な蜂蜜のすぐ横に、鼠がこわばって死んでいた。

「毒、ですな」

メイルズは冷ややかに断定した。

「しかもこの蜂蜜は〈森の国〉のならわしで、結婚の際に新郎が口にするものとか――つまり、クリュサル陛下が口にされるもの、と」

まだ肩で息をしながら、エデトはメイルズを見つめた。

「あなたは、わたしたちが陛下に毒を盛ろうとしたと疑うのですか？」

メイルズは無精な髪に手を突っこんだ。

「ほかにどう説明がつくと？　この荷は、昨日あなた方の荷馬車からこの倉庫へ、あなた方の手によって運ばれたもの。その後倉庫には私が鍵（かぎ）をかけ、今朝こうして鍵を開けてみればこのとおりだったのです。故国で仕込んだものか、あるいはこちらで入れたものかは存じませんが、あなた方以外の誰がこのようなことをできたとお考えですか？」

その眼光は煙水晶の眼鏡越しにもわかるほど冷たく、そして鋭い。

（わたしを、毒殺犯に仕立てあげて追い出すつもりだわ）

妹の引き立て役として呼んだつもりの田舎王女が、皇妃に選ばれてしまった。目論見（もくろみ）が大きくはずれたメイルズは、辺境の小国との関係が多少悪化しようと、なんとしてでも皇妃になる前にエデトを追い出さなくてはならないと考えたのだろう。

見かけの印象とはまるで違うその即断即行ぶりに、エデトは内心感心した。

（やっぱりこの人はただ者じゃない。でも、どうやって毒を……？）

床に落ちていた蜂蜜の壺は、それ自体は割れているが、蓋（ふた）を封じた結び紐は、ずれただけで解けていない。〈森の国〉でも一部の者しか修得していないこの複雑な結び方を、宮廷の誰かが一度解いたあと再現したとは考えられない。

エデトは荷の監督を務めた老臣に目をやった。帝国自治領となってその文明の恩恵に触れることが増えた〈森の国〉では、帝国公用語も広く使われるようになっている。だが年配の者にはいまだに苦手な者もおり、彼もそのひとりだった。エデトは〈森の国〉の言葉で尋ねた。

「ハーグレス閣下は、この倉庫に出入りしたのはあなたたちだけで、荷を運び入れたあとは鍵をかけたから誰も出入りできなかったと言っているの。本当？」

老臣は、メイルズをにらみながら答えた。

「いいえ。昨日は、妙な男がずっとうろついておりました。驢馬の耳の帽子をかぶった男です。ひっきりなしに話しかけてくる、おかしな男でした」

そんな姿におぼえがある。エデトはメイルズにふりむいた。

「陛下に会わせてください」

「幸いにも、聖レオスの加護によって陛下の御身（おんみ）は守られましたが、陛下に仇（あだ）なす者をこれ以上近づけるわけにはまいりませんな。王女殿下、あなたが選べる道はふたつです。罪を認めて潔（いさぎよ）く帰国するか、あるいは法廷にて罪と恥を深めたあげくにこの地で償うか」

「犯してもいない罪を、認められるわけがありません」

メイルズは薄笑いを浮かべた。

「家臣が勝手にやったこと、とおっしゃりたいのですか。ならばなおさら帰国すべきですな、王女殿下。家臣ごときの一存でこれほどの陰謀を企（たくら）めたのかどうか」

彼は、控えていた秘書官を呼びよせた。そうして横目にエデトを見た。

「王女殿下があくまでも帰国をおことわりになるとおっしゃるのなら、徹底的に調べあげるまで部屋を移って不自由に耐えていただくことになりますが」

さっさと帰国しないといますぐ牢（ろう）に放りこむぞ、という脅（おど）しのつもりらしい。宮廷のたおやかな貴婦人ならきっと、この言葉だけで貧血を起こしてへたりこむところなのだろう。

（残念でした。わたしは、宮廷育ちじゃなくて森育ちです）

へたりこむかわりに言い返す。

「閣下は、動くものすべてに飛びつく尾綱鼬（オツナイタチ）の性質をお持ちなのですね。わたしは鼬の蛮勇ではなく、暗闇の音に耳をすませる和毛梟（ニコゲフクロウ）の慎重を選びます」

森育ちでもこれくらいの嫌味は言える。エデトは挑戦的に、メイルズを見据えた。

「必要ならば牢でもどこでも放りこめばいいでしょう。もしわたしの家臣が本当に罪を犯したのなら、その責はもちろんわたしにあります。ですが彼は、昨日この場にいたのは〈森の国〉の者だけではないと言いました」

「は――？」

「驢馬の耳の帽子をかぶった男がいたそうです。陛下の道化ですよね？　ですから、陛下に会わせてください。そして、陛下の道化の話を聞く許可をいただきたいと存じます」

メイルズの口もとに、動揺といらだちがよぎった。だが彼はすぐに気を取り直した。

「よろしい、ならばそういたしましょう。とはいえあれは、自分自身のこだわりにしか興味が向かない、道化すら務まらない愚物（ぐぶつ）。そんな者に聞いたところで、無駄と――」

そこへ、新たな声が割って入った。

「ラケイドの興味がこの件に向かないとは、かぎらないよ」

カドシュを従えたクリュサルが、倉庫の入口に立っていた。

(アシャだわ！)

エデトは改めて、頼りになる女官に感謝した。エデトが〈月の間〉を飛び出したあと、急いで知らせに行ってくれたに違いない。自然にほっと息をつく。

「外にまで聞こえていたよ。ラケイドの話を聞きたいんだね。――私の道化を呼んできてくれ。〈森の国〉の馬を見てくると言っていたから、厩舎にいるはずだ」

クリュサルが秘書官に言いつけ、秘書官はあわてて駆け出した。

メイルズがはっとして叫んだ。

「クリュサル陛下、お下がりください！　この女には陛下の暗殺容疑がかかっております！　新郎への贈り物と称する蜂蜜に毒が仕込まれておりました！」

エデトの否定より早く、メイルズは続けて命じる。

「カドシュ、その女を捕らえよ！　牢へ――」

だが、クリュサルが鋭くさえぎった。

「メイルズ、私の愛する人にそのような口をきくな」

こんなときにも崩れない彼の演技に、エデトは内心感心する。

(ほんと、心にもないことをお上手に――って、え、何⁉)

いかにも優しい顔でエデトの前に立った途端、クリュサルのその演技が一瞬消えた。息を止めて大きく目をみはった彼の驚きに、エデトは氷をいきなり呑みこまされたような気がした。ゆるみかけた緊張があっという間にもとに戻る。

「――おはよう、エデト。こんなところで朝のあいさつをするとは思わなかったが、その分きみに早く会えたのは幸運だ」

クリュサルは早くも演技に戻っていたが、エデトはとてもそうはいかない。

(何、なんだろう!? 何が変だったの!?)

ごめん、とすばやくささやいて、クリュサルが慎重な手つきで付け襟を直した。慣れないドレス姿で走ったせいで、乱れていたらしい。

「かわいそうに、驚いただろう。怖かったね」

(いまとても驚いていて怖いです!)

と思ったが、もちろん言えない。

「もう大丈夫だよ。メイルズに何を言われたのか知らないが、私がきみを疑うわけがない。それに、きみが私の命が欲しいというなら、いつでも喜んで差し出すよ」

(そんなものもらっても困ります!)

という素直な返事も、宮廷では好まれない。ここは、同じような宮廷文学の常套句を返すべきだった。エデトは無理やり口をひらいた。

「――陛下、わたしこそ」

なんとか彼に合わせようとしてみたものの、記憶はそれらしい台詞のひとつも出してこない。

あ、えと、と固まっているあいだに、クリュサルが助けてくれる。

「待って、愛の言葉はうれしいが、悲しい想像はさせないでくれ。もしきみがいなくなってしまったら、私はその先の人生をどうすごせばいいのかわからなくなってしまう」

これで演技は十分と判断したらしく、クリュサルはメイルズにふりかえった。

（よかった――）

エデトはほんの少し安心したが、氷が落ちたような胸の動悸はまだ続いている。

ただ、クリュサルがメイルズへの対処を先にしたということは、そこまでたいした問題ではないかもしれない。

（たぶん、きっと、お願い、絶対、そう！）

メイルズは、こうなった以上はクリュサルを直に言いくるめることにしたらしい。

「クリュサル陛下、この蜂蜜の壺と死んだ鼠をご覧ください。聖レオスのご加護がなければ、おそれおおくも陛下の御身に、このような災いが降りかかっていたことでしょう」

クリュサルは、今度はさえぎらずに彼の説明を聞いていた。

「――つまり、この壺に手を触れられた者は〈森の国〉の従者だけというわけか」

メイルズは大げさなほどに強くうなずいた。

エデトが反論しようとしたそのとき、帽子の驢馬の耳を揺らしてラケイドが飛びこんできた。

「私に何かご用とか！　もしかして、昨日はなかった新たな特産品ですか⁉」

彼は倉庫の奥に積まれた荷を見ると、広い額を指で押さえた。

「はて。昨日から数も種類も変わっていないようですが」

クリュサルが苦笑した。その自然な表情に、エデトは少しだけほっとできた。

「新しい物が来たわけじゃないよ、ラケイド。そこに落ちた壺の件で呼んだんだ」

壺を見たラケイドは、うなるような声をあげた。

「ああ！　これはもったいない！　昨日、彼らから、たいへん効果のある特別な蜂蜜と聞いたのです。滋養強壮に優れた効き目を有するとのことですので、民の健康問題に応用できましょう。救貧院や施薬院での使用が効果的と考えます」

たしかに、メイルズの評はある程度は正しかった。きまじめな表情、きまじめな言葉でのやけに具体的な提案は、まるで道化の冗談ではなかった。一周まわってそれがおもしろい、という雰囲気にすらなっていない。

（道化、よね……？）

そんな変わった道化をよくわかっている様子で、クリュサルはやんわりと話を変えた。

「その前に、きみは昨日、この場で荷を見ていただろう。この壺について何か気づいたことがあれば、教えてくれないか。この蜂蜜に毒が仕込まれていたらしいんだ」

ラケイドはきょとんとした。

「さて、毒とは？　私はなんともありませんが」

エデトは驚き、おもわず口をはさんだ。

「まさかあなたは、この蜂蜜を食べたの？」

「は、食べたというよりはなめたと言うべき量ではありましたが、わが身で効果を試したく。人目を盗んでなんとかその蓋を少しずらしまして、藁しべをさしこむことに成功しました。口に入れた瞬間は通常の蜂蜜より濃厚ですが、後口はむしろすっきりとしていて、万人に好まれる味と推察しました。そして実際、昨夜は寝つきもよく、目覚めもいつもよりよいように思いました。すばらしい効果です」

演説のような道化の言葉が切れたところで、エデトはすかさず短い質問をねじこんだ。

「食べたのはいつ？」

「荷運びの終了間際です。鍵をかけると言われ、すぐに追い出されましたので。まだ入る機会はないかと廊下で待っておりましたが、ハーグレス閣下がこの者たちも外に出し、すぐに鍵をかけられてしまいました」

エデトは、つまみ食いにざわつく〈森の国〉の従者たちを見た。老臣に尋ねてみる。

「この人の言うことは本当？」

「慣れぬ場の作業で、残念ながらそのような隙はまるでなかったとは言えません……」

うろたえる老臣を見守っていたクリュサルが言った。

「ラケイドが言ったことは事実なんだね」

はい、とエデトがうなずくより早く、ラケイドが憤慨したように答えた。

「クリュサル陛下といえど失礼な！　私は常に事実のみを口にするよう心がけております！」

「うん、だからいまの話も信頼できる。ありがとう」

クリュサルは微笑むと、ゆっくりメイルズに視線を向けた。

「ということだ、メイルズ。少なくとも昨日きみがこの倉庫に鍵をかけたとき、その蜂蜜に毒が入っていたとは考えにくいようだ」

メイルズは薄笑いを浮かべた。

「では、クリュサル陛下は、この私が毒を入れたとお疑いなのですか？」

「そんなことは思っていないよ、メイルズ」

クリュサルは静かに大臣をなだめた。しかしメイルズは、引き下がるどころか逆に前に出ることを選んだようだった。薄笑いが強くなる。

「しかし、蜂蜜をなめた鼠はそのとおり死んでおります。私ではない、王女殿下でもその家臣でもない、となると、クリュサル陛下はいかにしてその蜂蜜に毒が入れられたものとお考えですか。どちらが犯人かお選びください――どうぞ、神告に頼ってでも」

クリュサルは目を細めた。冷ややかな顔は、もはやなだめるつもりはなさそうだった。

「大臣でいたければ聖レオスへの敬意を忘れるな、と言ったはずだが、忘れたのか」

(今度は何!?)

エデトは仰天した。もはや問題は、皇妃選びや毒殺未遂疑惑以外のところへ移りかかっている。皇帝と大臣が明らかに対立しようとしている。

エデトも一国の王女として、そうした事態の危うさはよくわかる。しかもその発端が自分クリュサルと約束した偽装結婚にあるとなると、責任を感じずにはいられない。

(大臣とのあいだに亀裂なんて作ったら、陛下への恩返しにならない——そうだ！)

エデトはとっさに、割れた壺へと駆けよった。意外な行動に誰も反応できずにいるあいだに、壺に残った蜂蜜を指でひとすくいし、すばやく口に入れる。

「エデト!?」

立ちあがり、ふりむいて、エデトは胸もとをおさえてクリュサルに微笑みかけた。

「大丈夫です、なんともありません。この蜂蜜に毒は入っていないようです」

蜂蜜を口にしたラケイドは元気でいる。そしてその後、倉庫にはひと晩じゅう鍵がかかっていた。そもそも、仮に蜂蜜に毒を仕込んで、さらに壺の蓋の複雑な結び紐をもとに戻すことができたとしても、そうそう都合よく夜のうちにその壺が割れてくれて、しかもそれをなめて死んでくれる鼠がいたとは考えにくい。

エデトはメイルズを見やった。

（あなたはひそかにこの壺を割って、鼠の死体をそのそばに置いた。だってあなたが欲しかったのは毒入りの蜂蜜じゃなくて、わたしが毒を仕込ませたと思わせる状況だけだったから）

実際には毒は仕込まれていない可能性が高い、とエデトは考えた。

（正解だったみたいね）

蜂蜜はただの蜂蜜だった。ただ、このままメイルズが仕組んだ冤罪（えんざい）まで暴いてしまえば、クリュサルは彼になんらかの処罰を与えざるを得なくなる。

（わたしが陛下にしたいのは恩返しであって、遺恨（いこん）の種を残すことではないから）

そのために必要なのは、真実の追及よりも妥協だった。メイルズに後者の道を示すために、エデトは自分の身を張って蜂蜜が無害であることを皆の前で証明してみせた。いかにも安心した顔を作って、ふうっと息をつく。

「どうやら鼠は、病か何かで偶然ここで死んだようですね。不幸な出来事でした。ですが、これでわたしたちの嫌疑が晴れたのなら、よかったです」

メイルズがわずかに唇を噛みしめた。が、次の瞬間、彼は明るい声をあげた。

「――いやあ、よかった！」

煙水晶の眼鏡をとって目をこすり、ぱちぱちとまばたく。

「寝起きにいきなりこんな大騒動が起きて、さすがにどきっとしましたよ。しかしすべては人騒がせな鼠のせいだったのでしたら、何ごともなく本当によかった」

メイルズはそのまま片膝をつき、エデトに最敬礼をとった。

「王女殿下、あせるあまりの数々のご無礼、どうか寛大なるお心をもってお見逃しいただければ、まことにありがたく存じます」

彼はひとまず自分の敗北を認め、エデトの誘導に従うことにしたらしい。

エデトもそれで、なんの文句もない。

「どうぞお立ちください、ハーグレス閣下。あなたの陛下への忠誠心ゆえの行動を、どうしてとがめることがあるでしょうか」

そして、まだ不安げな〈森の国〉の従者たちに、故国の言葉で話しかける。

「みんな、安心して。ハーグレス閣下の誤解は解けました」

クリュサルもメイルズに声をかけた。

「メイルズ、では作業の続きを頼む。——エデト、行こう」

クリュサルにほとんど連れ出されるようにして、エデトは倉庫を出た。

だから、答えたメイルズがどんな表情を浮かべていたかまではわからなかった。

「かしこまりました」

クリュサルの足が速い。いつもは落ちつきはらっている彼らしくもなく、急いている。ちらと見上げたクリュサルは真顔だった。その張りつめた雰囲気に、不安がふたたび襲ってきた。

「あの、陛下」

「あとで」

言葉少なに拒まれる。そんなクリュサルの態度が、ますます不安をかきたてる。

クリュサルは〈月の間〉の階を通りすぎた。エデトが知らないそのひとつ上の階の廊下を進み、冠の紋様が彫りこまれたひときわ立派な扉を開けた。

「カドシュ、人払いを」

忠実な護衛がついてきていると確信してか、クリュサルはふりかえりもせずに命じた。そのとおり背後の扉が閉まる音と同時に、彼は足を止めた。そしてエデトの正面に立った。

「きみのその首飾りを、もう一度見せてくれないか」

その顔は怖いほど真剣だった。エデトは無意識に、首からさげたお守りをつかんだ。

（どうして——どういうこと——？）

母からもらった形見のお守り。何本もの細い紐で球状にきつく編まれ、なかには詰め物がされていて、握りしめるとふわっとした弾力の奥に硬い芯が触れる。

エデトにとっては、何よりも大切なものだった。見せてくれと言われて、幼児のような純粋な恐怖が先に立った。エデトはこれも無意識のまま、半歩後じさった。

「——すまない、ただ見せてほしいだけなんだ。あ、いや、それよりこっちのほうが早いか」

はっとしたクリュサルが、これも彼らしくもなくあわてたそぶりで、腰の革袋を手にする。

丈夫そうだが簡素なもので、しかも使いこまれた感があり、皇帝の持ち物としては素朴すぎる。なかに入っている何かがぶつかりあって、硬質の澄んだ音を立てた。

エデトは、彼がその革袋を舞踏会の夜の礼装時にまで携えていたことを思い出した。袋の口に隠すようにつけていた小さな細工を差し出されて、おずおずとのぞきこむ。

「――あ」

大きさはかなり違う。エデトのお守りは胡桃くらいだが、こちらはその半分もない。細工もずっと稚拙で、ところどころがゆるんで、形もきれいな球状にはなっていない。

だが、細い紐の組み方はまったく同じものだった。

「きみのそれは、〈森の国〉の細工?」

「いえ――国のものというか、母の細工です。わたしの母は、他国からまいりましたので」

クリュサルは、緊張をこらえるかのように小さく息をついた。

「やっぱり。きみの公用語の発音はとてもきれいだと思ったんだ。母君は、帝国の出だね?」

「よくは知りません……母は弟の看病で忙しく、父もそうしたことはあまり話さない人で」

ただ、森歩きの際に一度だけ、珍しくおどけるような口ぶりで父が話したことはある。

――母さまは、この川の女神さまが父さまに遣わしてくれたんだよ。

「結婚前、ファシ・アラーン川で父が母を助けて、王宮にひきとったと聞いています……」

クリュサルは本棚から大きな地理書を出すと、書見台にひらいた。

「そのファシ・アラーン川というのは、これ？」

聖レオス帝国から〈森の国〉を通って北の海へむかう、川の絵が示されている。

エデトはそうっと彼の横に立ち、地図を確かめた。

「はい、この川です。こちらの地図では別の名ですけれど――ユール川」

「もしかしてきみの母君は、ロアという名前じゃなかった？」

「えっ――どうして母の名をご存じなのですか？」

おもわずクリュサルを見ると、彼と視線がぶつかった。

「昔、行方(ゆくえ)知れずになったユール一族の族長の娘の名が、ロアだった。前皇帝即位の年のことだから、二十三年前になる」

包みこむように優しいまなざしで見つめられて、エデトの心臓が跳ねる。

「――ユール一族の血が、ここにも残っていたんだ――」

いきなり、彼は両手でエデトの手を取った。そのまま押しいただかれるように握られて、エデトはすくみあがった。

(なっななっ何!?)

母の素性(すじょう)など何も知らない。ユール一族、という名前も初めて聞いた。

「よかった……」

胸の奥から絞り出されるようなつぶやきと、泣いているのかと疑いたくなる震える肩。

　こんなにも強い感情をぶつけられても、エデトは何も知らない。心当たりもない。状況についていけない心が受け止めきれない。

（ちっ違います、違うと思います、たぶんそれ、わたしではないのではないかと！）

　彼の両手は、壊してしまうことを恐れるかのように柔らかく、それでいて絶対に離すまいとするようにしっかりと、エデトの手を包んでいる。

　手を引くこともできないまま、熱いくらいのぬくもりに、これは本来自分が受けるべきものではないという奇妙な罪悪感が襲ってくる。エデトはどうにか、声をふりしぼった。

「ユール一族なんて何も……母からは何も、聞いていません……」

　クリュサルは顔をあげた。目が少し赤く見えた。

「ユール一族は聖レオスの守護精の末裔で、ずっと〈聖舎〉を守ってきた一族だ」

　その地名なら最近知った。アシャから聞いた話を、エデトは懸命に思い出した。

「え、えっと、皇太子が住んで、婚約式の宣誓をおこなっていた場所、ですよね？　でも十年前に焼けてしまって、前皇帝陛下の神告で廃止が決まって」

　途端、クリュサルの顔が厳しくなった。

「〈聖舎〉は焼かれたんだ。ユール一族が、前皇帝ヴァルゼーによって皇帝への謀反と皇太子暗殺の罪で討伐されたときに。でも事実は違う。ユール一族は建国以来、帝室に変わらず仕えてきた。だが、おれを殺そうとするヴァルゼーの企みの巻き添えにされた」

「え――は――？　前の皇帝陛下が、陛下を……ころ……す？」

「そう。ヴァルゼーはおれを殺して、その罪をユール一族になすりつけるつもりだったんだ。おれがもっと早くその企みに気づけていれば、こんなことにはならなかった」

　前の皇帝には子がなく、そこで分家からクリュサルが皇太子に選ばれた、と聞いた。その皇帝が、皇太子を殺そうとするとはどういうわけなのだろう。もはや完全に頭がついてこない。

（せめて、手を離してほしい……！）

　じんと体じゅうに広がっていくこの手の熱さが遠ざかってくれたら、少しは頭も冷えて落ちついて考えられそうな気がする。だが、クリュサルはまるで離してくれそうにない。

「ユール一族が逆賊の汚名を着せられて滅ぼされて、それどころか禁忌の存在とまでされたのは、おれのせいだ。ようやくこうして皇帝になっても、一族の名誉を回復させるどころか、帝国の未来のために退位しないといけないくらいの無能だ。だが〈森の国〉にその血が残ってくれていたなら――」

　言葉が不意にとぎれて、彼はうつむいた。エデトの手を包むその両手が力を増した。

「本当によかった……」

　前皇帝とクリュサルとのあいだに何があったのかは、よくわからない。それでも、そのことが原因で起きたというユール一族の滅亡が、クリュサルの心の傷となっていることはわかった。

そして、自分の母がその一族の出身らしいこともわかった。

（――でも、わたしは）

だが、母はエデトに何も教えなかった。

期待を裏切ることはつらい。それでも、クリュサルにとってユール一族が大切な存在であるならばよけいに、自分はそうではないことを伝えるべきだった。

「……陛下、申し訳ありません。わたしは、その一族ではありません。本当に母からは何も聞いておりませんし、このお守りがその一族のものということもいま初めて知りました」

かすれそうな声で必死に説明すると、クリュサルが顔をあげた。

「じゃあいま教えるよ。これは、ユール一族の女性が作るお守りなんだ。大切な相手が守られるよう、幸せになるよう、そんな願いを込めて贈るためのの」

帝都で見た笑顔とはまた違った、優しすぎるくらいの柔らかな微笑が浮かんでいる。

自分を信じきったそんな笑顔を向けられると、胸がしめつけられるように苦しい。彼を見ていられなくなって、今度はエデトがうつむく。

「――エデト、偽装結婚はやめよう」

エデトははっと顔をあげた。クリュサルは微笑を消して、真顔になっていた。

「メイルズは、きみを陥れようとした。今回はこの程度ですんだからいいが、皇妃になるきみを疎んだり憎んだりする人間は、これからも事欠かない。ユール一族の生き残りのきみを、危険な目に遭わせられない。もちろんきみの名誉が傷つかないよう、適切な理由をつける」

怒りにこの上なく近いもやついた感情に襲われて、エデトは勢いよく手を引いた。おもわず彼を真っ向からにらみつける。

「いいえ、陛下はわたしと〈森の国〉国王たるわが弟の名誉を傷つけています!!」

恩返しへの義務感が、この感情を後押しする。

「受け取ったものは返すのが森の掟。その掟を守れずに王族でいることなどできません。陛下からわが弟にいただいたご恩を返す機会を、当初の予定どおりわたしにお与えください」

クリュサルはとまどった顔をした。

「恩返しなんて、ユール一族の血を引くきみが生きていてくれるだけで十分だ」

「わたしは、〈森の国〉先王テスカムの娘にして国王リウの姉、エデトです」

改めて正式な名乗りを彼に告げ、エデトは胸のお守りを握る。

「ユール一族ではありません。そしてこれは、病弱な弟にかかりきりになっていた母が寂しがるわたしにくれたお守りです。それ以上でもそれ以下のものでもありません」

そこでふと考える。クリュサルのお守りは、では誰が作って、クリュサルに贈ったのか。

エデトが持つお守りよりもはっきりと稚拙な仕上がりは、作った者の幼さを感じさせる。

十年前、クリュサルもエデトも八、九歳のころ——同年代の少女がまだ不器用な指で懸命に紐を組んでいく様子、できあがって微笑む姿が、脳裡にあざやかにひらめいた。

ユール一族は滅んだ、とクリュサルは言った。エデトは、ためらいながらも口をひらいた。

「陛下は、ご自分を慰めようとなさっているのではありませんか。そのお守りを作った方との思い出を、無理やりわたしに重ねて」

クリュサルが目をみはった。と、その目はすぐに伏せられ、彼はうつむいた。

「……そうだな。ごめん」

短い謝罪があった。古傷のうずきを抑えつけようとしてか、その声はひどく低かった。

恩返しを拒まれたこと、自分の身も守れない弱者扱いされたこと、そのどちらもエデトはいやだった。そしてそれ以上に、〈森の国〉の大切な家族が、ユール一族などという初めて聞く名で塗りつぶされてしまったことが許せなかった。完全に否定せずにはいられなかった。

だが、いまさらながらに後悔する。

(わたしのばか——そこまで言わなくてもよかったのに)

クリュサルの表情は見えない。それでもエデトははっきりと、彼の痛みを感じとった。

(陛下に謝らないと——)

頭のなかだけは熱いのに、体は冷えて凍えそうだった。膝も足首もこわばって、エデトはぎこちなくひざまずいた。ふわりと床に広がる優雅で繊細なドレスが自分への皮肉に思えた。

「……申し訳ありません。言葉が過ぎました」

「また？　立って、エデト。悪いのは勝手な気持ちを押しつけたおれだ。きみが申し訳なく思う必要はない」

小さな苦笑の気配とともに、視界の端に、差し出された彼の手が現れる。

（こんなに優しい人なのに――）

なのに、考えなしに古傷をえぐってしまうようなことをした。エデトは一度ぎゅっときつく目をつぶってから、彼の手を借りずに立ちあがった。

「〈森の国〉からついてきてくれた家臣に、母について尋ねてみようと思います」

「いや、いい。きみの母君は〈森の国〉先代王妃ロア」

声に明るさが戻っている。エデトは顔をあげた。クリュサルが微笑んでいた。

「きみの父君に愛されて、きみたち姉弟にも恵まれて、幸せだったんだろう？」

「……母は、そう言ってくれました」

「そしてきみは〈森の国〉先王テスカムの娘にして国王リウの姉、エデト」

自分の正式な名乗りを呼ばれ、エデトははっとした。

「〈森の国〉と弟の名誉のために恩返しをする。それがきみの願いなら、改めてその気持ちを受け取ろう。そしてきみを守る。できるかぎり早く退位をして、隠遁（いんとん）して、きみが堂々と帰国できるよう、努める」

偽装結婚の続行の宣言だった。

（この人に、もっとちゃんと、役に立つ恩返しをしたい――）

気持ちを受け取ってもらえたうれしさとともに、エデトは力いっぱいうなずいた。

「はい！　どうかご心配なさらないでください。きっとうまく――」

いきます、と言いかけたところで、リウの忠告が急に思い出された。

――もしふたりきりなんかになったら、今度こそろくなことにならないから。

「あぁっ！」

エデトはびくっとした。いまのこの状況はまさに「ふたりきり」そのものだった。

クリュサルが驚いた顔になる。

「どうしたんだ、いきなり？」

「あ、すみません――あの、その、別に」

「何もないってことはないだろう？　言って」

涼やかに命じてくる彼のまなざしを、エデトはごまかしきる自信はなかった。

「……あの、国を発つときに弟からもらった忠告を、破ってしまったので」

へえ、とクリュサルはつぶやいた。

「きみの弟は、よくそういう忠告をするのかな」

「ときどきです。たとえば大がかりな狩りの前に、怪我人が出るからと計画を修正させたり」

「つまり〈森の国〉の神告？」

「ええっ⁉　いえ、まさかそんなものでは！　ただの、弟の勘です」

クリュサルは冗談で言ったのだろうが、エデトはまったく笑えない。

（たしかにリウは、かわいいだけじゃない賢い子だけど、でも帝国の皇帝と同じ力なんて！）

「国を発つとき、なんて？」

「あ、はい、陛下とふたりきりにならないように、と。実は最初に宮廷を訪ねたときも、陛下にお会いするのは一度だけと忠告されていたのですけれど、それも破ってしまって」

「ああ、舞踏会のあとにもう一度、だから二度会ったな。それはおれのせいだ」

（今回もです……）

とエデトは思ったが、言えない。

「忠告を破ったらどうなるとは言わなかった？」

（ろくなことにならないそうです……）

とは、もちろんこれも言えない。エデトは困って、もごもごと目をそらせた。

「まあもう破ってしまったんだし、だったらおれがかわりに今後のことを忠告しようか」

ふといたずらっぽい顔をしたクリュサルは、天井あたりを見上げてからまた視線を戻した。

「ハーグレス侯爵家――メイルズにも、ミウステアにも、決して近づかないこと」

エデトは面食らった。今回の件ではっきり敵意が確認できたメイルズは当然として、その妹で皇妃候補筆頭だったミウステアにも、エデトが近づく理由は何ひとつない。

「半信半疑みたいだな。でも、弟くんの忠告は破ったところでたいしたことはなくても、おれの忠告は違う。だから絶対守ってもらうよ。いい、エデト？」

（リウが聞いたら、ものすごい顔をしそう）

エデトが苦笑いをこらえているあいだに、クリュサルは先を続けた。

「あと、絶対に無茶をしないこと。これは偽装結婚を続ける上での条件だ。守れる？」

「はい」

するとクリュサルは、大きなため息をついた。

「……そうもあっさり承知されると、かえって心配になるな。無茶というのは、たとえば毒が入っているかもしれない蜂蜜を平気でなめてみせるようなことを言うんだよ」

「あれは、実際には毒はないと確信したからです。それにわたしのせいで、陛下とハーグレス閣下とのあいだに遺恨を残したくありませんでしたから。ああするのが一番でした」

「確信が勘違いだったらどうするんだ？　危険すぎる。やっぱり心配だな」

気づかわしげなその顔は優しすぎて、彼の手の感触が急にエデトの手によみがえった。

「だっ――大丈夫です！　失礼します!!」

その熱が頬に昇ってくる前に、エデトは部屋を飛び出した。

§　§　§

「いま、エデトさまが飛び出していったんだが――おい、どうした？」

カドシュがけげんな顔で部屋に入ったとき、クリュサルは立ちつくしていた。目の前で手をひらひらされてようやく、何もかもを知っているただひとりの幼なじみに視線が向く。

「――カドシュ、エデトの母親はロアだった。〈森の国〉に流れ着いていたんだ」

「は？　――えっ、あの⁉」

クリュサルがうなずくと、カドシュもさすがに呆然とした。

「生きてたのか……。彼女の失踪が予兆だったんだって、あのころ大人たちが嘆いてたよな」

「ああ。単なる不幸な事故として片づけずに、きちんと考えるべきだった、って」

一瞬、ふたりの意識は十年前の〈聖舎〉に戻った。日増しに高まる漠然とした不安、それがヴァルゼーからの討伐隊として突きつけられたあの日の混乱、見慣れた風景を焼き尽くしていく戦火――それまでの世界のすべてが急変して、初めて間近に迫った死からふたり逃げのびるのが精いっぱいだった。

「――おれも、そうすべきだった。もっと本気で、もっと真剣に」

クリュサルの手は強い後悔にさいなまれて、腰の革袋をつかんでいた。

カドシュが慎重な口ぶりで尋ねる。

「じゃあ、そのロアの娘のエデトさまがおまえの前に現れたことも、何かの予兆なのか？」

「それはそうだ。石がひとつ動けば隣の石か斜めの石か、どこかに必ず影響は出る。――だが、それがどういう種類のもので、どういう結果をもたらすのか、いま考えている時間はない」

「……考えてみてもいいんじゃないか？」

「時間がないと言っただろう。それにエデトがユール一族の末裔だとわかった以上、こんなところに長々引き止めておきたくない。一刻も早く皇太子を決めて、退位しないと――カドシュ、今日の予定は全部中止にしてくれ」

クリュサルは目線で退室をうながした。カドシュは何か言いたそうな顔はしたが、結局は何も言わずに従った。

§　§　§

丘のふもとのハーグレス侯爵邸は、最近客人が減った。特に目立って姿を見せなくなったのは、これまでひっきりなしにミウステアを訪ねてきていた男爵家や子爵家の令嬢たちだった。

自室でひとり静かに手紙を書いていたミウステアは、兄に呼ばれて客間に行った。しかし客間には、煙水晶の眼鏡を置いて冷たい薄茶色の目を露わにした兄しかいなかった。

「ご用でしょうか、お兄さま。お客さまかと思ったのですが」

「まもなく来る。おまえもここにいろ」

人前では下手（へた）くそな詩句で妹の美しさを褒めたたえているというメイルズだが、自宅ではそんな気配は微塵（みじん）もない。使い古した家具か何かのように、なげやりな視線を向けてくる。

「例の田舎王女をどうやって追いはらうか、私と相談したいそうだ」

「お兄さま、クリュサル陛下が心にお決めになった方です。そのような乱暴なことは」

ミウステアのひかえめな抗議を、メイルズは無視した。

「晩餐会の有様は、おまえも見ていただろうが」

「……ええ。ですが、クリュサル陛下は喜んでおいでではないのですか。帝都到着の際もお出迎えに行かれて、たいへんうれしそうにしていらっしゃいましたし」

メイルズは薄い笑みを浮かべた。眼鏡がない分、表情の冷たさを隠すものはなかった。

「なんだ、こそこそと田舎王女の見物に行っていたのか」

ミウステアは顔を赤らめた。

皇太子クリュサルが離宮に移ってきたころ、ミウステアは彼に引きあわされた。自分より少しだけ年上の少年が向けてくれた、涼やかな笑顔が印象に残った。その後、舞踏会などで顔を合わせるたびに背が伸びて大人びていったクリュサルだが、笑顔の印象は初対面のときとまるで変わらなかった。

母や女官たちが言うとおり、このまま自然な流れで彼と結婚するものと信じきっていた。だからこそ彼の結婚拒否、そして今回の急な結婚決定には驚き、とまどいも悲しみも――正直に言えばいらだちも――あったが、ミウステアが身につけた礼儀作法は、暗い感情を表に出して周囲を不快にすることを禁じている。

「ええ、そうです。わたくしも、クリュサル陛下がご結婚される方を歓迎しようと」

メイルズが冷酷にさえぎった。

「だったらわかったな。あの王女は見てくれこそ悪くはないが、中身は想像以上の田舎者だった。だからこそああも厚かましくふるまえる」

馬上クリュサルの前に座った異装の王女を見たとき、たしかにミウステアもその厚かましさに驚いた。さらに公衆の面前で彼の髪をなでたはしたなさには、手袋越しにも爪が食いこむほどきつく手を握りしめてしまった。しかも晩餐会で、彼のフォークで彼の料理を彼の口に入れたなれなれしさには、気が遠くなりそうだった。兄の言葉に、声をあげて同意したくなる。

「逆にそれがよかったのだろうよ。一方、おまえはどうだ？　気どった顔ですましていれば、皇帝のほうから勝手に気を惹かれてくれるとでもうぬぼれていたのか？」

ミウステアは、形のいい唇を噛みしめた。ひとつ息を入れてから、口をひらく。

「わたくしは、ハーグレス侯爵家の娘として礼儀作法を守っていただけです」

「何もしないことへの言い訳はよせ。おまえが鏡の前に貼りついてせっせと自分を飾っているあいだに、あの田舎王女は一夜で皇帝を籠絡し、さらに弟王への支援を匂わせる勅書まで出させ、あとは結婚を待つだけだぞ」

「お兄さまは、あのような作法に反した真似をするべきだったとおっしゃるのですか？」

「おまえが本気で皇妃になりたかったのならな。皇帝を嫌いではなかったのだろう？」

ミウステアは口ごもった。彼を好きだの嫌いだの、そんなものは考えるまでもないことだった。会うと変わらず向けられる涼やかな笑みに微笑み返し、反面それ以上の接近をしてこない淡泊さに少し焦(じ)れながら、彼にふさわしい貴婦人になるようにひたすら努め、いつか訪れる結婚の日を待っていた。

前皇帝が退位しクリュサルが即位した日、形ばかりの見合いとそれに続く婚約を、ハーグレス侯爵家の誰もが疑っていなかった。この日のために作っておいた正装を準備しているあいだに、あわてふためいた使者が侯爵邸に飛びこんできて、新皇帝の言葉が届けられた。

――皇妃は不要だ。私は、誰も娶(めと)ることはない。

まだなまなましいあの日の衝撃を思い出したミウステアは、また唇を噛みしめた。

メイルズは頭から爪先(つまさき)までミウステアを眺めると、はっと鼻で笑った。

「いまからでも奪い取ってやるというつもりもないのか。おまえは、母上からまっさきにもらうべき気概を忘れたな」

客間の壁には、古典的な衣装に身を包んだ先代ハーグレス侯爵夫妻の肖像画がかかっている。亡くなる寸前の三十代半ばの夫人は容貌だけならミウステアによく似ているが、隣のぼうぼうとした薄茶色の髪と気弱そうな同色の目の夫を従えて、画家を監視しているかのようだった。

「見てくれは何も約束してはくれんぞ。みずからの意志と力で宮廷を生き残る気概がないなら、おまえも父上とともに領地の館(やかた)に引っこんだらどうだ」

突き放した兄の口調の冷たさに、ミウステアはびくりとした。

生前の母は、ミウステアにふたつのことを言いつけた。兄に従うこと、そして次の皇帝の皇妃となること。これまでミウステアは一心に守ろうとしてきたが、そのどちらもが難しくなってきた。母の死後、兄は次第に冷たくなり、ついに皇妃にもなれなくなった。

成人して父から侯爵位を譲られたころから、兄は光がまぶしいと言い出して煙水晶の眼鏡をかけはじめたのだが、それがないと、こんなに冷たい目をしていたのかと驚くことがある。

召使が来客を告げた。メイルズは眼鏡をかけ、別人のように愛想よく客人を出迎えた。

「やあ、いらっしゃいませ。皇妃について、折り入ってご相談があるそうで」

ラフィアック侯爵夫妻とジュス伯爵夫妻だった。彼らはミウステアを見て眉をひそめた。

「ハーグレス侯、この場にミウステア嬢を同席させるのはいかがなものですかな」

一斉に非難の視線を向けられても、メイルズはけろりとしている。

「いやあ、ですが、やはり自身の結婚問題ですから。みなさまのご令嬢方も皇妃候補となるなか、自分はどうしたいのか妹にも考える権利はあると思いまして」

ミウステアは驚いて兄を見やった。眼鏡の下で、ちらりと横目に鋭い視線が返ってきた。

「――お兄さま……」

兄が自分に試練を課そうとしていることを、ミウステアは悟った。皇妃の座を〈森の国〉の王女や他の令嬢たちから勝ち取る意志があるのか、突きつけている。

学んできた礼儀作法は、この場合どのようにふるまうべきなのか教えてくれない。といってこの場を離れる勇気も出ず、ミウステアは立ちつくすしかなかった。

その間に、ラフィアック侯爵夫人が我慢ならないといった様子で口をひらいた。

「さようでございますか、まあよろしゅうございます。どこの家から皇妃を出すかは後回しにして、ともかくまずはあの田舎者を絶対に追い出さねばなりませんわ！」

けがらわしい虫でも見たかのように、侯爵夫人は鼻の頭に皺を寄せた。

「先日の晩餐会のあと、あのひどい礼儀作法について助言してやったというのに、まるで何を言われたかちっともわからないようにぽかんとして、あげくにこのわたくしに信じられない暴言を――まったく不作法な田舎者ですわ！　宮廷にはふさわしくありません」

ミウステアはそのときのことを思い出した。〈森の国〉の王女は、侯爵夫人という高位者に真っ向から反論した。あれも帝国の礼儀作法ではありえない言動だった。なのに彼女の凛としたまなざしと堂々とした物言いに、不作法と感じつつも見とれてしまったことも事実だった。

「まったくだ！　本来ならば、犬どもをけしかけて叩き出してやるべきなのだ！」

ラフィアック侯爵が吠え、ジュス伯爵も同意の声をあげる。

メイルズは、口もとに薄い笑みを浮かべた。

「しかし、クリュサル陛下はご寵愛深いご様子。ここは処罰覚悟で、われらの連名でかの王女を皇妃にはしないよう進言いたしますか？」

提案に応じる声はなかった。全員が巧みに視線をはずし、目すら合わせようとしなかった。

そうした反応も予想内だったらしく、メイルズはあっさりと話を変えた。

「実は先日、〈森の国〉からの荷に不都合が見つかりまして」

侯爵夫妻と伯爵夫妻の視線が一瞬でメイルズに戻り、期待がみなぎる。

「しかしただの勘違いで、残念ながら何ごともありませんでした。もし騒ぎになってくれれば、この結婚は帝国の問題とはなりえないというクリュサル陛下の神告への信頼を揺るがすこともできるのかと思ったのですがねえ」

二組の夫妻は、はっと顔を見合わせた。

「――なるほど、何ごとかがあれば、クリュサル陛下もお考え直しくださる――」

「あの田舎王女にはっきりとした問題があれば――」

メイルズは立ちあがった。

「さて、申し訳ないのですが、急な仕事が入ってしまいまして。そろそろ戻らねばなりません。ご相談は、また次の機会でもよろしいでしょうか」

方向性を見出したことに満足した二組の夫妻はあっさり承知し、帰っていった。

彼らを見送ったあと、ミウステアはおもわず吐息をこぼした。彼らの悪意がまだ客間によどんでいるような気がして、胸が苦しかった。眉をひそめて兄を見つめる。

「本当に、あの方たちと一緒に王女殿下を追いはらうおつもりなのですか？」

メイルズは妹に一瞥もくれず、眼鏡を取った。

「おまえはどうなんだ。皇妃になることはあきらめたのか？」

「……皇妃をお決めになるのは、クリュサル陛下のお心です。わたくしはそれに従います」

メイルズは、これ以上用はないとばかりに追い出すように手を振った。

「どこまでも行儀のいいことだ。まったく褒めてはいないし、なんの褒美もやらんがな」

ミウステアは一礼し、逃げるように扉にむかった。が、ふと思い返してふりかえる。

「……あの、お兄さま。このあとお父さまへ手紙を届けさせるのですけれど、お兄さまはいかがなさいますか？　何か書かれるのでしたら、一緒にお送りします」

帝都と宮廷が苦手な浮き世離れした父に、いまの兄が微妙に距離を置いていることは知っている。メイルズはやはり見向きもしなかった。ミウステアはためらったが、言葉を続けた。

「お父さまはわたくしへの手紙で、お兄さまのことも相変わらず気づかっておられました。元気にしているか、宮廷で困ってはいないかと……ひと言送ってさしあげたら、たいへん喜ばれると思うのですが」

返事はやはりなかった。ミウステアは小さな息をついて自室に戻ろうとした。

「――父上は、どうなんだ？　元気にしているのか」

急に兄の声がして、ミウステアは面食らった。

「え、ええ、領地を見回ったり蔵書の整理をしたり、充実しているようですわ」

「そうか」

少し待ったが、兄はもう何も言わなかった。ミウステアはわずかに唇を噛み、客間を出た。

§　§　§

「エデトさま、おはようございます」

朝、ノックの音とアシャの声で、エデトはわれに返った。

「あ――は、はい、どうぞ！」

身仕度のために入ってきたアシャは、エデトをひと目見るなり悲鳴に近い声をあげた。

「エデトさま、またですか!?」

申し訳なさすぎて、エデトはうつむいた。夜どおしつけていたランプはすでに油が切れ、壁の燭台から持ってきた蝋燭もほとんど燃えつきかけている。つつましい暮らしの〈森の国〉では絶対にやらなかった、自分でも信じられない浪費だった。しかもそれが何夜も続いている。

「ごめんなさい……つい、読みふけってしまって、いつの間にか朝に……」

おそるおそる謝ったが、アシャの視線は蝋燭ではなく寝台に向いていることに気づく。

「まさか昨日は、一睡もなさってないんですか!?」

寝台は、昨夜彼女の手によって、ぴしっと皺ひとつなく整えられたままだった。

あ、はい、とうなずくと同時にアシャが駆けよってきて、顔をぺたぺたと確かめられる。

「うわ、目まで赤くなって——徹夜なんて絶対にだめですよ、エデトさま！」

アシャは、いらだちとあせりがちょうど半々といった様子だった。

「もう、せっかくのお肌まで！　ちょっと待ってくださいね、お手入れしますから」

「待って、その前に教えて」

エデトは、昨夜格闘していた史書と地理書を示した。

「これは、去年に書かれた本だから記載がないのはわかるの。でもどうして古典の『聖レオス年代記』や『帝国記』にまで〈聖舎〉のことが載ってないの？」

「そうなんですか？」

アシャは目をぱちくりさせた。

「うーん、古典の新版で記述が削られたのなら記憶抹消刑でしょうか？　滅多に実行されない刑なんですが、たぶん前の皇帝陛下が決められたんでしょう」

軽く答えてすぐにでも自分の仕事に戻りそうなアシャを、エデトはあわてて引き止めた。

「それともうひとつ！　これもまだ本になくて。前の皇帝陛下って、どうして退位したの？」

するとアシャは、すっとエデトに身をよせて手の陰でささやいた。

「——大きな声では言えませんが、飲み過ぎです。もうまともじゃないらしいです」

初めて聞く帝室の醜聞（しゅうぶん）にエデトがとまどった隙に、アシャはてきぱきと仕事に戻った。

「さ、エデトさま、せめて少しでも目を休めてくださいい、取らないでくださいよ！」

アシャにとっては、歴史政治の問題よりもエデトの美容の問題のほうが大ごとのようだった。エデトを寝椅子に横たえさせて水でしぼった布を目に当てて、あわただしく出ていった。

ひんやりした布の感触に、初めてじんじんとする目の疲れを意識する。全身までだるくなってきた。なのに頭のなかは冷え冷えと冴えわたり、対照的に胸はざわついている。

アシャのあっさりした反応からして、やはり〈聖舎〉についてはほとんど何も知らないようだった。前皇帝との関係やユール一族の知識はそれ以下だろう。そもそもエデトのお守りを見たときも、彼女はドレスと合わないことに困っていただけで驚くそぶりはなかった。

(陛下が言っていた禁忌の存在って、こういうことだったのね)

一瞬、だから母も自分の一族について何も語らなかったのかと思ったが、時期が違う。事件が起きたのはエデトの母が〈森の国〉に流れ着いたあと、十数年も経ってからのことになる。

アシャが戻ってきて、顔に薔薇水をつけられたり髪をとかされたり、されるがままになりながら、エデトはまだ考えていた。

(母さまは、ユール一族が討伐されたことも〈聖舎〉の焼失も知らなかったはず。なのにどうして、自分の一族のことを何も話してくれなかったの……？)

考えれば考えるほど、不穏な想像しか浮かんでこない。胸のざわつきは静まる気配もない。

「もう徹夜なんてやめてくださいよ？　今日はまだよかったですけど」

とがめるようなアシャの声で、意識が引き戻された。

「よかったって、何が？」

「大臣閣下が一刻も早い結婚をせっついていて、本当は今日から皇妃教育を始める予定だったそうです。ですがクリュサルさまが、まずは宮廷内の案内からだと変更させたんです。また迷子になったらいけない、って」

先日クリュサルから逃げるように〈冠の間〉を飛び出したあと、〈月の間〉に戻れなくて、さまよったあげくに衛兵に案内してもらう羽目になった。エデトは小さなため息をついた。

「……この前は迷惑をかけました。アシャも何か言われなかった？」

「いいんですよ。そもそも、わたしを待たずに勝手に自分の部屋に連れていったクリュサルさまが悪いんです。そのあと送りもしないで、無責任なんだから！」

手にあの日の熱が思い出されて、頬と耳が熱くなる。と同時に、ひとつの事実に思い至る。

（陛下はアシャにも、自分とユール一族の関わりを話していない……）

クリュサルの妹分を自称する彼女ですら知らない彼の秘密を聞かされたという自覚が、今度は別の意味で心をざわつかせる。

「うるさい人は何をしたってうるさいんですし、今日はゆっくりお休みしましょう」

エデトは勢いよく首を振った。それがアシャにか、それとも自分にかはわからなかった。

「ううん！　大丈夫、予定どおりに案内して」

朝食後、エデトはアシャにつれられて宮廷の旧棟を回った。皇帝の宮殿出立時と帰還時に鳴らされる鐘塔のほか、大小二十五の部屋があるとのことだった。

「それぞれの扉に紋様が彫られていて、部屋はその名前で呼ばれるんです」

月、馬、車、樹、星など〈森の国〉にもあったりなかったりするさまざまな紋様を、エデトは興味深く眺めた。官吏の姿が多い一隅にも、氷や鎖といった紋様の扉が並んでいた。

「紋様に意味はあるの？」

「さあ？　たぶん何かの理由はあったんでしょうが、この旧棟が最初に建てられたのはそれこそ建国のころですから。昔のことすぎて、わたしにはちょっと。歴史って苦手なんですよね」

アシャはやはりあっさり話を終わらせると、期待に満ちた目をエデトに向けた。

「──あのっ、どうせですから一番上の階にも行ってみましょう」

「えっ⁉」

アシャはさりげなさを装おうとして失敗していたが、エデトも同じくらい失敗した。顔を見合わせて、エデトはあわてて反対した。

「──い、一番上の階は陛下の私的な生活の場所よね？　必要ないかなって！」

心の整理がつかないいま、まだクリュサルと顔を合わせたくない。

「いいえ、そんなことありません。エデトさまの立場でしたら、むしろ未来の生活の場を見たがるのが自然ですよ。ほら、疑われないようにしませんと」

しかし退かないアシャに小声で偽装結婚上の意義を説かれ、エデトは降参した。

旧棟の最上階は皇帝の生活に関係する部屋が集まっており、当然通常は入れない。

「エデトさまのご用です」

アシャはすまし顔で衛兵に言い、階段をあがった。

「ええと、ここが〈芽の間〉、それから〈対の間〉、〈匣の間〉――」

説明しながらも、アシャの視線はあたりを注意深くうかがっている。そしてついに、廊下の先に長身の人影を見つけた。

「――カドシュ！」

冠の紋様の扉の前にいた皇帝の護衛が、こちらを向いた。

「おはようございます、エデトさま」

作法上エデトに対してのみあいさつをしたカドシュだが、アシャにもちらと視線を向ける。

アシャはそれだけでうれしそうな顔になった。

「いかがなさいました？　クリュサル陛下にご用でしょうか」

エデトは反射的にぶんぶんと首を振った。会話はアシャが引き取ってくれた。

「クリュサルさまがエデトさまに宮廷内をご案内するようにって言ったから、まず旧棟から始めているの。このあと庭園に行って、昼食後には新棟も回ってみようかなって」

「なるほど――少々お待ちいただいてもよろしいですか、エデトさま」

え、とエデトがまごつくあいだにカドシュは部屋に入り、すぐに出てきた。

「――お待たせいたしました。われわれも、お供をつかまつってもよろしいでしょうか」

彼はクリュサルの腕をつかんでいた。

(逃げそこねた！)

一瞬で後悔したエデトだが、目に入ったクリュサルにぎょっとする。

今朝のクリュサルは一段と寝不足がひどそうだった。頬がいくらかこけて見え、腫れぼったい目つきもあって別人のようにとげとげしい。

「こっちまで!? 何してたの！」

アシャも、おもわず女官という立場を忘れたような声をあげる。

クリュサルは髪をかきあげ、カドシュを横目ににらんだ。

「だから、これから休む」

声にも珍しく不機嫌さがにじんでいる。だが、カドシュはまるで気にも留めていない。

「いーや、そう言いつつまた起き出すはずですね。ここはエデトさまにおつきあいいただいて、庭園散策に行きましょう。少しは気分転換しませんと」

アシャがあきれた様子でクリュサルを見やる。

「また、ってそんな何度も起き出してるの？ 薬茶は？ 寝台に温石とか」

「……要らない」

クリュサルが降伏のため息をつき、曲げた右腕を向けてくる。

「じゃあ、エデト。人目があるから」

(『宮中作法』はまだ読んでなかった……!)

どうすればいいのかわからない。だが、頼れるアシャが助けてくれた。

「エデトさま、クリュサルさまの肘(ひじ)に左手を置いて、一緒に歩いてください」

「ええっ？　でもわたし、ひとりで歩ける――」

「礼儀作法ですから」

エデトは、自分のことは自分でやる習慣で育っている。足もとが不安定だとか、歩行に支障があるだとかの理由もなく、自分の手を他人に預けることには単純に抵抗がある。

(どうして帝国は、必要もないのに人に頼るような面倒な作法を作るのかしら……)

内心ぼやかずにはいられなかったが、これもクリュサルへの恩返しのうちだった。失礼します、とつぶやきながら、エデトはそっと手をかけた。クリュサルが苦笑した。

「いちいちことわらなくていいよ。おれのほうが合わせるから、気にしないで歩いて」

(そんなことを言われましても――)

気にしないわけにもいかない。エデトはしばらくお互いの歩幅をつかむことに専念した。ひとりで歩くよりもはるかにくたびれたが、なんとか調子をつかむことに成功する。

「大丈夫ですか、陛下？」

そっと、エデトは尋ねてみた。

疲れ目なのか頭痛なのか、クリュサルは目もとを押さえた。

「ああ、大丈夫。そのまま歩いてくれていいよ」

「ではなくて、だいぶお疲れのようなので」

「まあ、大丈夫」

階段にさしかかったときだった。背後から駆け足の音が聞こえてきた。

「クリュサル陛下！　――なんと、〈森の国〉の王姉殿下もご一緒でしたか」

帽子の驢馬の耳を揺らして、ラケイドが現れる。

「これはなんともありがたい。クリュサル陛下、一年ほど出張させていただけませんでしょうか？　そして王姉殿下、私を貴国に滞在させてはいただけませんでしょうか？」

「え？」

クリュサルとエデトの疑問の声が重なった。ラケイドはまどろっこしそうに説明をした。

「今朝も話をと〈森の国〉の者の宿舎に出向きましたところ、一部が帰国すると言っておりまして。これこそ、まさに僥倖と申すべきもの！　この機を逃せば〈森の国〉へ赴くことはかないますまい。〈森の国〉の知識を得ることは――」

「待ってください！」

エデトは、まだ続きそうな彼の訴えを制した。その間にあわただしく考える。

（皇帝勅書をもらった直後に、皇帝側近と疑われそうな人間を入国させたら、リウのためにならない！　ことわらないと――何か言い訳を――）

と、そこでひとつの疑問が飛び出してくる。家臣の帰国の予定など聞いていない。

「誰がなぜ、帰国を？」

「は、荷の責任者が、先日の蜂蜜の不始末の責を負ってとか」

答えたラケイドを、クリュサルが軽く見据えた。

「ラケイド、それはきみのせいでもある。彼らにきちんと謝罪したのか？」

「当然です！　私は常に責を負う覚悟でおります。でなければ、試食の件も隠しておりました。ただあれは、礼を尽くして頼んでも了承してもらえなかったゆえの非常手段で」

「きみの主張はわかった。だが、他者の禁を自分の好奇心のために破るような人物を、自治領に派遣するわけにはいかない。わが義弟の迷惑にもなる」

ラケイドは衝撃を受けた顔になった。はい、としょんぼりうなだれて、驢馬の耳まで垂れる。

リウの立場を思いやっての命令に、エデトは感心し、同時にうれしくなった。

（この人が、このままずっと皇帝でいてくれたらいいのに――）

ふとクリュサルがふりむいた。彼の意志を無視した不埒な想像を、エデトはあわてて止めた。

「エデト、宿舎に行こう」

「えっ、いえ、それはあとでわたしが」

「ラケイドだけで話がすんだとは思わないよ」

宿舎であわただしく帰国準備を進めていた従者たちは、エデトに気づいて手を止めた。そしてその後ろのクリュサルの姿に驚き、あわててその場に片膝をつこうとした。

「そのまま」

「ごめんなさい。あなたにすべて押しつけてしまって」

クリュサルの言葉に、従者たちはとまどいながら姿勢を正す。エデトは老臣に声をかけた。

「よいのです、王姉殿下。今回はあの油断ならない驢馬男のおかげで、王姉殿下が助かることになったのですから——ただ、誰かが今回の責任を取らねばなりません」

母国語で話していたので、クリュサルが尋ねてくる。

「彼は、なんと?」

エデトはざっと説明した。クリュサルは神妙な顔で聞いた。そして老臣に向き直った。

「すべては私が、私の道化をきちんと監督できていなかったせいだ。謝罪する」

聞いていたエデトも驚いた。

(謝ってくれるなんて！)

もともと〈森の国〉王家は家臣たちとの距離が近く、謝罪も決して珍しい行為ではない。だが、それと同じ——自治領の陪臣(ばいしん)ということを考えればそれ以上の——感覚を、聖レオス帝国皇帝という地位の人間が持っているとは思わなかった。

老臣がエデトに視線で尋ねてくる。エデトが訳すと、老臣はさらに驚いた顔になった。辺境の民とはいえ、これがおそろしく常識はずれな厚遇だということくらいはわかる。

クリュサルひとりが当然のような顔で、さらに言葉を続けた。

「きみの責任感と忠義心に感謝する。堂々と帰国してほしい。――エデト、『心配するな』はなんて言えばいい？」

「あ、はい」

エデトが〈森の国〉の言葉を教えると、クリュサルはそれを老臣に言った。自分の言葉で語りかけられてますます信じられない顔になった老臣に、力強く微笑みかける。

「エデトはきみの大切な王女、そして私の皇妃になる大切な人だ。責任を持って私が守る」

その瞬間、エデトは顔から火が出るかと思った。

（そっ、それをわたしが自分で言えと!?）

クリュサルの発言がわからない老臣は、不安そうな顔で見つめてくる。従者のなかには帝国公用語が堪能な者もいるのだが、皇帝の前ということで遠慮して口をひらこうとしない。

「……その、陛下がわたしのことを守ってくださるそうだから」

仕方なく、要点のみを伝えた。一部の従者がくすぐったそうに身じろいだ。

老臣はぱっと顔を明るくした。静かにその体がかがみこみ、片膝ではなく両膝をつく最敬礼をした。クリュサルも、彼のその礼は止めなかった。

　庭園には色とりどりの秋の花が咲き乱れ、庭師がきれいに刈りこんだ植え込みも色づいている。美しい小径をたどっていった先に、エデトは小さなベンチを見つけた。

「陛下、申し訳ありませんが、あそこで休んでもよろしいでしょうか？」

「疲れたの？　いいよ」

　たしかにエデトも徹夜明けで疲れてはいた。先ほどのやりとりでさらに疲れた。が、それよりもクリュサルが心配だった。おだやかな秋の日に照らされていても、その顔は青白い。

（できたら、もっと大きなベンチがよかったけれど――）

　だが、いつ見つかるかもわからないものを待つ余裕はない。二人がけがやっとのベンチのなるべく端に、エデトはそろそろと座った。隣にクリュサルも座った。やはり肩が触れた。

（近い近い近い……！）

　決して、クリュサルが嫌いというのではない。彼への感謝と尊敬はちっとも薄らいでいないし、心配に至っては一刻ごとに増しているくらいなのだが、ともかくこの距離は経験が薄い。

　隣の彼をなるべく意識しないように、エデトはひたすら庭園を見つめた。

「……ここは、きみの国とは随分違うだろうね。疲れるのは当たり前だ」

　ぽつりと、クリュサルがつぶやいた。

「いえ、わたしは平気です」

陛下に比べればたいしたことはありません――心からそう思えるほど、彼はやつれて見えた。

（退位の準備はそんなに大変なのね。わたしにできることがあれば、なんでもするのに）

だが、偽装結婚以外のことには関わらないという約束がある。彼に対して踏みこみすぎたことを言ってしまった反省もある。結局はなんの意味もないことしか言えない。

「〈森の国〉では幾晩も木の上で害獣を待つこともありますし。それよりはずっと楽です」

「勇ましいんだな、エデトは」

「王家の者が指揮を執るならわしですが、弟は体が弱かったので。代理です」

クリュサルは小さく息をついた。

「エデトは家族のために、ずっと頑張りつづけてきたんだな。だからこの偽装結婚も申し出てくれたんだろうが、それにしても、もう少し自分も大事にしてやるべきだ」

すべてを知っているかのような彼の声が、突然の呼び水となった。唐突に記憶が押し寄せた。

息が止まり、エデトは無意識に胸のお守りをつかんだ。

どうしても他の狩人のような強い弓が引けなかったつらさ。徹夜の待ち伏せで自分だけが眠りそうになるたびに爪を立ててはえぐって、いまも脚に残る痣。せめて弓の腕だけは誰にも負けないようにと重ねた練習で、何度もできてはつぶれた手の血豆の痛み。

そんなことは誰にも知られたくなかったから、誰にも言わなかった。特にリウが重荷に思わないよう、好きでやっていることといつでも笑ってきた。なのに、いまはそれができない。

「でも、ありがとう。おれも、エデトのその頑張りに助けられているひとりだから」

感謝の言葉を聞いた途端、急に目の奥がじんとする。何を答えても涙があふれてしまいそうな気がして、不自然も不作法も承知で、何も言えない。

クリュサルもそれ以上何も言わず、黙っている。

庭園も静かだった。ころころした華鶸(ハナヒワ)の鈴を転がすようなさえずりが遠くに聞こえるだけだった。近くにいるはずのアシャとカドシュの気配も感じられなかった。

ゆっくり流れる柔らかな時間は、まるで故国の森にいるようだった。エデトは、いつの間にかすっかり忘れていた感覚にひたっていた。

とん、と重みが頭に載った。急に意識を引き戻されて、エデトははっとした。

(え、眠って……)

隣のクリュサルから、静かな寝息が聞こえてくる。

(自分を大事にするべきなのは、陛下です)

彼が目を覚まさないようにそっと、エデトは支えやすい姿勢を取った。頭に彼の頭が載って少々窮屈(きゅうくつ)ではあったが、身体(からだ)的には問題はない。

身じろぎしないように彼の支えを務めていると、ふしぎな気分になる。

聖レオス帝国の皇帝。本来なら、一生会うはずもなかった相手だというのに、偽装結婚という特別な事情のせいで、こんな近さでふたり並んで座っている。

まだ平常心にはほど遠いものの、それでも彼との距離に慣れはじめている自分に気づいて、エデトは苦笑した。思ったよりも自分は厚かましくできているらしい。

(これも、少しは恩返しの足しにはなるだろうし)

クリュサルの寝息に耳をすませる。

(いまくらいは、ごゆっくりお休みください)

ただ、クリュサルだけではなくエデトも徹夜明けだった。そして庭園にはほどよい日差しがあり、気持ちのいいそよ風も吹いていた。

いつの間にかエデトの瞼も閉じるのに、時間はかからなかった。

植え込みの陰にいたアシャとカドシュが顔を見合わせ、ほくそ笑んでいたことも、当然まったくわからなかった。

第三章　思い渦巻く宮廷生活

椅子から立って逃げ出したくて、足がむずむずする。

（我慢……我慢……）

エデトは自分に言い聞かせた。染めた金髪を優雅に結いあげ、貼りつけた笑みをたたえた講師の話はまだしばらく終わりそうにない。

「――ということですから、このようなふるまいは淑女にふさわしいとは申せません。貴婦人たるもの、一流の淑女となってこそ、その生まれが輝くのです」

なんの興味も持てない話が続く。エデトはそっと、ドレスの裾の下で足先を組み替えた。

悟られるような動作ではなかったはずなのに、前に立つ講師は機敏にエデトにふりむいた。

「聞いていらっしゃいますか、王女殿下？」

「は、はい！」

ついに皇妃教育が始まった。礼儀作法、宮中行事やそのしきたり、帝国貴族と会話を楽しめるだけの教養等、もろもろの講義がびっしり詰まっている。アシャから予定表を渡されただけで、頭痛がしてきたほどだった。

「よくお聞きになってくださいませ、王女殿下。高貴な生まれの者は、どのようなことがあろうと態度を変えません。常に柔和に、品よく、微笑んでいるものです」

エデトはなんとか講師の話に集中しようとした。

（つまり公の場での陛下みたいに、ということなのだろうけれど、でも陛下も——）

あ、とその思考の先に何があるか気づいたときにはすでに遅い。心の底から忘れたいのに忘れられない、ふたりそろって寝入ってしまった庭園の記憶が一瞬でよみがえる。

きっかけはなんだったのか——エデトの頭がクリュサルの肩から落ちたのか、クリュサルがさらにエデトによりかかったのか——はっとエデトが目覚めたとき、隣のクリュサルとこれ以上ない至近距離で目が合った。

これも同時にベンチから跳びあがり、両脇に離れて、やはり同時にあわてふためいて謝罪しあっているところに、アシャとカドシュがやってきたのだった。

何回何十回と思い出してしまっているのに、やはり落ちつけない。かああっと頭全体が熱くなる。これが〈月の間〉であれば、寝台で枕の下に頭をつっこむところだが、〈車の間〉で学んでいるいまはもちろんできない。せめて両手で顔を押さえた。

「……お聞きくださいませ？　王女殿下」

微笑のかたちに細められただけの講師の視線に、さすがに言い訳したくなる。

（いくら森育ちだからって、普段はもう少し行儀はいいです……）

が、言えるわけもなく、ただうなずく。講師が話に戻った。

「皇妃ともなれば、一流のなかの一流の淑女として模範となるべきお立場です。万が一にもそのようなことはありませんけれども、仮に皇帝陛下にもしなんらかの不満を持たれたとしても、決して表に出してはいけません。常に柔和に、品よく、陛下をお迎えせねばなりません」

付き添いのアシャがぴくりとした。彼女の気性では納得いかないらしい。

「ですが、何も不満を言わなかったら相手がつけあがるだけじゃありません？」

「きちんとした教養を身につけた殿方でしたら、そのようなことにはなりません」

すると今度は、後ろから口がはさまれる。

「いや、教養は教養という独立した事項でしかなく、異なる事項である人格を保証するものとまでは言えますまい。グラブリド嬢のご意見には一理あると考えます」

講師は、自分の持論を忘れたかのようにむっとした。

「部外者はお黙りください――そもそもなぜ道化で男のあなたまで同席しているのです!?」

ラケイドは、けげんそうに首をかしげた。帽子の驢馬の耳が揺れた。

「すべては学びとなるからです」

「あなたに貴婦人のたしなみは必要ないでしょう！」

「講師ともあろう人が何をおっしゃる。知識に無用のものなどありません。さ、人柄がふるわない夫を持った場合の淑女の行動について、お教えください」

「あなたがいては講義になりません、退出を願います！」

「しかし、皇妃教育へのわが参席は、クリュサル陛下のご命令でもありますゆえ」

心底困惑しているらしいラケイドに、講師がぎりっと歯噛みする。

（陛下はこれが狙いなのね）

場の空気を壊すという意味では、自分の欲求と任務にきまじめなラケイドは実に有能な道化だった。エデトはまじめな顔を取りつくろうのに苦労した。

そのとき、時鼓の柔らかな音が響いてきた。講義の終了時刻だった。

ひと息入れましょう、とアシャが壁際でお茶の仕度をしてくれている。

エデトはラケイドに話しかけようとしたが、それより早く、さっと横に座って話しかけてきた者がいた。

「王女殿下、講義への同席をお許しくださいましたこと、本当に感謝いたしますわ」

ジュス伯爵令嬢だった。彼女もやはり皇妃候補だったと聞いている。

大人っぽい雰囲気で、いまさら貴婦人の心得を学ぶ必要などこれっぽっちもなさそうな令嬢に微笑を返しながら、エデトは冷静に考えた。

（この人は、何を企んでいるのかしら）

ラフィアック侯爵夫人やメイルズ・ハーグレスの言動からエデトが理解したところでは、宮廷は狩猟期の森よりも罠だらけの場所だった。あらゆる機会のあらゆる場所に罠がひそみ、人を狙っている。それこそ宮廷人用の罠講義でも受けるのかもしれない。

伯爵令嬢がいきなり手を重ねてきた。エデトは反射的に自分の手をひっこめかけたが、ほとんど押さえつける勢いで阻まれた。

「おきれいなお肌ですのね。――クリュサル陛下も、そこが気に入られましたの？」

手をなでられながら意味ありげにささやかれて、鳥肌が立ちそうになる。むっと強すぎる香水の匂いも押し寄せてきて、鼻がむずむずしてきた。

「女同士ですもの、隠さなくてもよろしゅうございますわ。ああ見えて、結構手の早い方ですのよ。わたくしたちはお互いに同じ立場のお友達、そうじゃありません？」

エデトはおもわず間近の彼女の顔を見た。察しなさい、といわんばかりの表情が、美しく整えられた顔に浮かんでいる。

（……なんだろう？）

これも罠だろうと推測できるだけで、彼女の言葉の意味はまったくわからない。ただ、なんとも粘ついたいやな印象を受ける。

「ですが先輩はわたくしのほうですわ。それはどうかお忘れにならないでね」

（まだお互い皇妃候補だということ？　ううん、そんなわけはないだろうし）

本気でわからない。そんなとまどいが顔に出たらしく、伯爵令嬢がいらだった。

「――クリュサル陛下は、わたくしをすでに口説かれておりますの！」

彼女の流儀をはずれてこの上なくはっきり言ってもらったことはわかったが、それでもエデトはきょとんとした。

「はあ」

そんな間抜けな返事しか出てこない。

「皇帝に愛人などいないとお思いでしたの？　公にそんなことを言う不作法者はいないというだけのことですわ。現にクリュサル陛下はわたくしと――ふふ」

（ああ、陛下と特別な関係にあると言いたかったのね。すごい）

以前ラフィアック侯爵夫人がしかけてきた毒と同じ種類の罠だと、やっと理解する。しかしエデトがおもわず感心してしまうほど、彼女は自信たっぷりだった。ここまで堂々とうそをつける人間などいるはずがない、だから事実かもしれない、とうっかり信じそうになる。

「お疑いになりますの？　たしかに、クリュサル陛下はお認めにならないかもしれませんわね。案外と恥ずかしがり屋なところがございますもの。従者にも否定させるはずですわ」

クリュサルが関係を否定してもそれはうそだと、あらかじめ逃げ道をつぶしておくやり方も手慣れている。令嬢の巧みな罠師ぶりに、エデトはますます感心した。

（でもしかける罠は相手を見て選ばないと。陛下とわたしは偽装結婚だから、無意味です）

とはいえここで適当に流してしまえば、彼女はさらに確実に罠にかけようと、今後も接触してくるだろう。森の茂みの不快な植物を思い出して、エデトはうんざりした。

（こんな黄粘草の実みたいな人にくっつかれるなんて、絶対いや……）

それに、自分とユール一族の関わりについて、万が一にも気づかれることがあってはまずい。胸もとに忍ばせているお守りは、ちゃんと隠れてくれているだろうか。

（この人にはあきらめてもらおう。もし陛下が心を変えて皇妃を娶ってくれたとしても、こんな人にはなってもらいたくないし）

心を決めたエデトは、ジュス伯爵令嬢ににこりと微笑みかけた。

「疑いなんて、ちっとも。だって、ただの趣味のよくないご冗談なのに」

目をむいた伯爵令嬢にたたみかける。

「わたし、鼻がいいのです。あなたがそれほど陛下と親しいのでしたら、とっくに残り香で気づいています。どうしてこんなくだらないことを口にされたのか、理由をうかがっても？」

ジュス伯爵令嬢はぱっと立ちあがった。目下の者への怒りやいらだちを抑えるすべは、まったく学んでいないようだった。エデトをにらみつけ、大きく右手をふりかぶる。

（おとなしくぶたれてくれる人しか知らないみたい）

エデトはもちろんそのつもりはない。彼女の右手首をすばやくつかむ。

反撃されるとは夢にも思っていなかったのだろう。伯爵令嬢の目におびえが走る。

「やめるほうがいいですよ。宮廷の作法と言うのならお相手しますが、違うのでしょう？」

静かにたしなめると、突然彼女は悲鳴をあげた。

「――痛い！　痛いわ、離して！」

たいして力は込めていないが、それでも、これまでこんな仕打ちを受けたことがない令嬢には十分なようだった。エデトは苦笑して手を離した。

「大丈夫ですか、エデトさま！」

アシャが駆けよってきた。ジュス伯爵令嬢が噛みつきそうな勢いで彼女に命じた。

「すぐに衛兵を呼びなさい！　いまこの田舎王女が、いきなりわたくしに乱暴を！」

アシャはしらけた目でジュス伯爵令嬢を見た。

「そっちが先に手を出そうとしたんじゃないですか。呼びたいならご自分でどうぞ。わたし、いま見たことをそのまま言いますけど。あなたも見てたでしょ、ラケイド？」

「は、王姉殿下にお話をうかがう機を待っておりましたので、一部始終を」

その場しのぎのうそは通用しないと、さすがに理解するしかなかったらしい。ジュス伯爵令嬢の顔がみるみる真っ赤になり、そして彼女は逃げ去った。

（あんな服とあんな靴の令嬢でも結構走れるものなのね）

エデトが妙な感心をしていると、開いたままの扉から別の人影が現れた。

「ああちょうどよかった、失礼いたします！　王女殿下、こちらを！」

老大臣ダンブリーだった。あいさつもそこそこに、エデトに書類をつきつける。

「皇妃教育はいかがですかな、順調ですな！　では結婚式はこちらの予定表で、ぜひ！」

勢いこみすぎてむせはじめる。エデトは急いでアシャに水を言いつけた。

「——いえっ——はやっ——けっこ——」

老大臣は咳の合間にも予定表をつきつけてきて、結婚を急かしてくる。

（自分のやりたいことをやる時間が全然ない……）

エデトはいまさらながらに、クリュサルの憂鬱を理解した。


ようやく二限目の休みになった。書記官が来て、アシャと何ごとか話しはじめた。

だがエデトから話しかけるまでもなく、ラケイドのほうから話しかけてきた。

（今度こそ！）

「王姉殿下、〈森の国〉についてお聞かせいただくことはかないませんでしょうか！」

驢馬耳帽子の下のきまじめな強い視線とその言葉に、エデトは微笑を誘われた。

「故郷の呼び名で呼んでくれてありがとう。なんだかなつかしい」

「それが〈森の国〉の称号と聞きましたので。ご結婚前はまだこちらのほうがよろしいかと」

そんなふうに自治領のならわしを尊重してくれる官吏は、宮廷ではラケイドしかいない。

「あなたはなんでも知ろうとするのね。それも、道化の仕事なの？」

「は、クリュサル陛下からそう言いつかっております。そもそも私は調査官を志望していたのですが、貧乏行商人の息子では、大学入学は難しく官吏に就ける伝手もなく。それでもクリュサル陛下、いや当時は殿下に手紙を送らせていただきまして。どのような職でもお役に立ちたいと訴えたところ、お会いくださり、こうして道化に取り立てていただきました」

「そうやって知ったことを、陛下にお話ししているの？」

「は。私が取り立てられたころの宮廷はまだ前の皇帝陛下が健在で、何かと窮屈で、当時のクリュサル殿下もほとんど監視のような管理下に置かれておりまして。私の話を楽しく聞いていただいたものです。宮廷、帝都のあらゆるうわさを教えてほしいとご所望で」

どきりとした内心を、エデトは微笑の下に押し隠した。

（陛下はラケイドを、私的な調査官として使うために道化としてそばに置いたのね）

前皇帝との不仲は〈聖舎〉焼失後も続いていたに違いない。ラケイドは気づいておらず、ということは大部分の廷臣も同様だろうが、水面下では相当のやりとりがあったことだろう。

（そうしてやっと皇帝になったのに、退位を急がなくてはならないなんて）

クリュサルの理不尽な運命に、エデトは改めて同情した。

しかも、彼は本心では決して退位を望んでいない。昨日も、空高く伸びていくような旧棟鐘塔の鐘の音に送られて、クリュサルは新規開発地の視察へ出かけている。その顔は生き生きとして、退位準備に身を削っている宮廷での憂鬱な顔とはまるで別人のようだった。

（わたしに何かできることがあればいいのに――）

「王姉殿下、さっそくですが〈森の国〉ではどういった」

ラケイドの声にはっとわれに返ったエデトは、あわてて彼に頼んだ。

「その前に、わたしも教えてもらいたいことがあるの。――〈聖舎〉とユール一族について」

それらが失われた十年前、ラケイドはすでに成人の年齢に近い。しかもこの知識欲であれば、何か知っていることがあるかもしれない。

「〈聖舎〉事件ですか。あれは大事件でしたな」

早く用件をすませて自分が質問したいのか、あるいは単に性格なのか、ラケイドは理由を尋ねることなくあっさり答えてくれた。エデトは緊張を隠して耳をすませた。

「帝室に忠誠を誓い、聖レオスを祀る〈聖舎〉を守るはずのユール一族が、ひそかに皇太子暗殺と皇帝への謀反を企んでいまして。ですが前の皇帝陛下が神告によりいち早く気づき、先んじて討伐することで未然に防ぎました。前の皇帝陛下の評判はよろしくないものばかりでしたが、このときばかりはこれぞ聖レオスのご加護と評判になりましたな」

クリュサルの言葉を思い出す。

――おれを殺そうとするヴァルゼーの企みの巻き添えにされた。

ラケイドの理解はそれとは違う。エデトの心臓がせわしく鳴りはじめる。

「ユール一族は全員が滅ぼされた？」

「でしょうな。ユール一族はたしか——そう、八〇〇人ほどいたそうですが、要害の地というわけでもないのに討伐軍に包囲されては、どうにもならなかったことでしょう」

「どういう一族だったの?」

「そこは、謎(なぞ)に包まれておりまして。なにしろ聖レオスの建国以来〈聖舎〉から出ることなく、他(ほか)の町との交流もほぼありませんでした。かの地にあったという膨大な書物には、いろいろ書いてあったのでしょうが。まったく惜しいことです!」

ラケイドは腹が立ってきたらしい。声が大きくなる。

「そもそも記憶抹消刑というのがおかしな話で! 帝国にとってくりかえしてはならない歴史ならば、むしろあらゆる記録を残し、真実を分析して後世に役立てるべきではないですか!」

アシャと書記官に聞こえないよう、エデトはあわてて彼をなだめた。

「そうね、おかしな話だわ。——さ、次はあなたの番。〈森の国〉の何を知りたいの?」

ちょうど話を終えたアシャが戻ってきた。

「なんだか盛りあがってますね。なんのお話ですか」

「ラケイドが〈森の国〉に興味があるそうだから」

その後ラケイドに問われるままに故国のあれこれについて話しながら、エデトは頭では別のことを考えつづけていた。

(陛下は、ユール一族を無実だと思っている。でもラケイドは違うと思っている)

十年前、少年期の終わりだったラケイドとは違い、クリュサルはまだ九歳だった。いくらその地で直に経験したとはいえ、九歳の知識と知恵でどれだけ真実に触れられただろう。

(事件のさらに十年以上前に、母さまは〈聖舎〉を離れた。でも、自分がユール一族だとは誰にも話さなかった。一族のところへ帰ろうとせずに〈森の国〉に留まった)

そのことがずっとエデトの心にひっかかりつづけている。そして、前皇帝の徹底した敵意。

(――母さま、ユール一族は本当に謀反を企んでいたの？　母さまは、だから一族を離れて何も言わなかったの？　――母さまの一族は、陛下を騙していたの？)

話が切れたところで、アシャが言った。

「そういえばエデトさま、近々舞踏会がひらかれるそうですよ」

「おお、舞踏会ですか！　また経験豊かな方々のお話がうかがえますな」

ラケイドは喜んだが、エデトはどきりとした。もし自分が罠をしかける側なら、考えることはひとつしかない。

(田舎王女を宮廷から追い出す、絶好の機会だわ)

そこで思い出されるのは、貴婦人たちの毒を含んだ言葉よりもはるかに危険な、煙水晶の眼鏡の下の冷たい目だった。

「――アシャ、舞踏会での介添えをよろしく。あなたがいなくては戦力が半減するもの」

「戦力？　あの、エデトさま、舞踏会ですよ……？」

と面食らうアシャに、お願い、と重ねて頼む。

「え、ええ、はい、それは。エデトさまにお仕えすることが、わたしの仕事ですから当然ですけど。あ、ですから婚約式はそのあとですって」

今度はエデトが面食らう番だった。

「えっ、婚約式って？」

「え、ってエデトさま、さっきダンブリー閣下の予定表を承知してたじゃないですか」

「ええっ⁉ でもわたし、皇妃教育の講義を全部終えてからじゃないと自信がないからって、ことわった――」

「いったんおことわりしたあと、ダンブリー閣下が、いまにも死にそうにげっほげっほ咳きこんでたときですよ。ここだけお願いいたしたく、ってダンブリー閣下が言って、エデトさまも、わかりました、って答えてたじゃないですか」

「あれは背中をさすってくれということじゃなかったの⁉」

老大臣の左手が背中を示していたように見えたからさすってやったのだが、言われてみれば、右手は書類を叩いていた気がする。どうやら見事に罠にひっかかってしまったらしい。

（……宮廷の人なんて、もう誰も信じない……）

誰も信じられない舞踏会に向けて、エデトは集中しようとした。三限目の講義は、まさに舞踏会向けの舞踏だった。エデトは熱心に練習し、舞踏の講師も筋がよいと褒めてくれた。

§　§　§

皇帝帰還の報を受けて、澄んだ秋空へと鐘が鳴る。

正門をくぐったクリュサルは、少し驚いた。官吏や召使たちといった出迎えの者たちのなかに、エデトがまじっている。クリュサルは馬を下りて彼女の前に行った。

お帰りなさいませ、と無難にあいさつしながらも、澄んだ黒い両眼はどこか落ちつかない。

「ただいま、エデト。講義はどう？　出迎えてくれてうれしいよ」

腕を差し出すと、彼女は失礼しますとつぶやいておずおずと手をかけてきた。それも指先がやっと触れたかどうかといったところで、重みどころか感触すら薄い。

「――何かあった？」

歩きながら、クリュサルは小声で尋ねた。エデトは元気なく答えた。

「……申し訳ありません。うっかり婚約式をすることになってしまいました」

彼女の情けなさそうな顔を見ていると、それと対照的なダンブリーの得意顔が目に浮かぶ。

「その上、舞踏会まで。陛下にお時間をとらせてしまって、本当にすみません」

きまじめすぎる謝罪を受けて、クリュサルはおもわず吹き出すところだった。

「わざわざそれを言うために出迎えてくれたのか」

「油断したわたしのせいですから。――それに、わたしが陛下と婚約式なんて」

エデトの声が思いがけず暗い。ほとんど置かれている気がしない彼女の手の感触と相まって、クリュサルは不穏な気持ちに襲われた。

「……おれとの婚約式に、何か不都合でも？」

エデトがあせった顔をあげた。

「あっ、いえっ――ただ」

「ただ？」

「……いえ、なんでもありません。これ以上お邪魔になることはしないよう気をつけます」

前を向いたエデトはきゅっと唇をひきしめて、もはや何も言うつもりはなさそうだった。

帝都で彼女を迎えたときの反省が脳裡をよぎる。だが、クリュサルはあえて言った。

「それなら、もう少しうれしそうな顔をしてくれるかな」

エデトがまたあせった顔を向けてくる。凛とした雰囲気の彼女だが、感情豊かで、しかもそれがかなり顔に出る素直な一面があることはもう知っている。

庭園でのうたたねから目覚めると、自分に頭を預けてまどろむ彼女がいた。ふと、この距離で彼女の澄んだ瞳を見てみたいと思った瞬間、彼女が目を覚まして跳びあがった。あのときばかりはクリュサルもあせってお互い謝罪を競うことになったが、それでも一瞬自分を見上げた黒い両眼と耳まで真っ赤にして謝りつづけた彼女の姿は鮮明におぼえている。

「まわりにはそう思わせたいわけだし、それにおれもそのほうがうれしい」

エデトがびくっと肩をこわばらせ、結んだ黒髪がわずかに揺れた。なめらかな頰にみるみる赤みが透けていく。

クリュサルはついに小さく笑ってしまった。

「ごめん、無理ならいいよ。エデトにはそうでなくても我慢させているんだから、これくらいはおれが我慢しよう」

腕に載った彼女の指先に、おそらく無意識に、ほんの少し力がこもる。

「からかわないでください。陛下は、案外と人が悪いです……！」

エデトはひかえめながらも抗議してきて、クリュサルはもっと大きく笑ってしまった。

こうしたとき、自分の優雅さを示す軽妙な切り返しに努める貴婦人たちとは、彼女はあまりに違う。素直に自分の心を伝える飾り気のない言葉は、まっすぐこちらの心に飛びこんで、宮廷生活でこびりついたよけいなものをすっかり吹きはらうかのように心地よかった。

エデトを〈月の間〉へ送りとどけ、クリュサルは上階の〈冠の間〉へと戻った。居室に入ることなく、控え部屋の手近な椅子にどさりと体を投げ出すように座る。自然にため息が出て、髪をかきあげる。

「――早く、帰してやらないといけないのに」

エデトとの短いやりとりで軽くなった心に、また重苦しい思いがにじんでくる。

音もなく付き従っていたカドシュが、声をかけてきた。

「次の皇帝を決める神告は、なかなか下ってくれないようだな」

クリュサルが無言でいると、長身の幼なじみは珍しく乾いた微笑を浮かべた。

「十年前、おれじゃなくて、いまおまえの助けになってくれる奴が一緒だったらよかったのにな。長でもストラフでも――シェラでも。おれじゃなくてあいつらが生き残ってたら」

クリュサルは彼に向けた目を険しくした。本気のきつい声で言う。

「今度そんなばかなことを言ったら、ただじゃおかない」

だがカドシュは無視して先を続ける。

「それなら、おまえも退位なんてばかなことを言い出さなくてすんだ。おまえは間違ってるって、つきつけてくれたはずだ」

カドシュの目に、これも滅多にない暗い翳りがある。そうなってくれと強く願いながら、同時にその願いは決してかなわないと知っている者の目だった。そしてまるで鏡映しになっているかのように自分も同じ目をしていることを、クリュサルは自覚した。

「でも、おれじゃだめだ。おまえを納得させられない。だから、生き残ったのがおれじゃなければよかったって言ってるんだ」

「言うな」

クリュサルの短い声はひどく低い。カドシュは一度深呼吸をし、うなずいた。

「そうだな、過去は変えられない。——エデトさまには、弟君がいるよな」

クリュサルは一瞬口ごもった。それを自分で打ち消すように、強い口調で言う。

「エデトはユール一族について何も聞かされていなかった。だったら弟も同じはずだ。それに、エデトが自分より大事にしている弟だ。エデトにこれ以上負担をかけたくない」

「だが帝国に何かあれば、否応なく自治領も巻きこまれるんだぞ」

「だから、何もないようにできないか考えているんだろうが！」

「無理だろ」

カドシュは残酷に言い切った。

「十年前、おまえはヴァルゼーがユール一族と〈聖舎〉を滅ぼすと言った。一族の誰もが笑って信じなかったが、そのとおりになった。討伐隊の攻撃直後、おまえはグラブリド隊長は皇太子暗殺命令を受けていないと言った。おれは信じられなかったが、そのとおりだった。そのあと宮廷に入ってからだって、おまえはヴァルゼーの企みをそのたびに言い当てて、無事にかわしてきた。おまえはこれまで間違ったことがない」

クリュサルは唇を噛みしめた。

「……じゃあやっぱり、おれの代に帝国が滅びるのも間違いないということじゃないか。だからそんな運命を変えるためにも、早く次の皇帝に——」

そのとき、大きなノックと同時に扉が開いてラケイドが入ってきた。

「クリュサル陛下、お時間がありましたら留守中の講義についてのご報告を！　新たな知識ばかりで、実に有意義でした」

ラケイドはすっかり満足した顔で、心なしか、帽子の驢馬の耳まで元気がいい。

あらゆる出来事に興味を持つこの道化は、これまでも幾度となく貴重な情報をもたらしてきた。今回もきまじめかつ前向きに、自分の任務を果たしてくれていたらしい。クリュサルは苦笑しながら尋ねた。

「エデトはどうだった？　疲れてはいなかったか？」

「は、王姉殿下もなかなか知識欲にあふれたお方ですな。史学の講義もあるといいでしょう。講義以外の時間に、私に、帝国現代史についての質問をなさっておいででしたので」

クリュサルはさっと真顔になった。

「――エデトはきみに、どんな質問をしたんだ？」

「〈聖舍〉とユール一族についてお尋ねでした。そもそも記憶抹消刑などがあるから――」

ラケイドは滔々（とうとう）と持論を述べたてはじめたが、クリュサルは聞いていなかった。考えごとに沈んで曇ったその横顔を、カドシュは気づかわしげに見やった。

§　§　§

舞踏会当日。エデトはアシャとうちあわせをすませ、クリュサルのもとへ行った。

（もうからかわないでくれるといいのだけれど）

エデトの母がユール一族だったと知ってから、クリュサルはより優しく――正確には、より近しく接してくるようになった気がする。それ自体はまだいいとしても、彼本来の明るい性格が透けて軽口が出てくると、とにかくそわそわとしていたたまれない。

（陛下はユール一族を信じきっていて、わたしのこともユール一族だと思いたがっているから。でも――）

クリュサルもすでに仕度を終えていた。エデトは彼に一礼して、うわついた不安を無理やり抑えつけた。

「よろしくお願いします」

「――うん、頼む。なるべく早く引きあげよう」

視察からの帰還後しばらく顔を合わせていなかったクリュサルだが、カドシュに見張られていたのか、今日は寝不足ではないようだった。ただ、やはり表情はいまひとつ晴れない。

（退位の準備がうまく進んでいないみたい……）

不意に、後ろからアシャの声がした。クリュサルへの不満げな催促だった。

「その前に、少しは今日のエデトさまを褒めたらどうですか？」

「いっ、いいから、アシャ！」

今日のドレスは仕立てられたばかりで、ひときわ豪華だった。中身がまったくともなっていない気がして、これもいたたまれない。さらに「これでも最低程度です」とアシャに言いはられ、目もとと口もとを中心に薄化粧とはほど遠い色味を足されてしまっている。鏡のなかに自分のようでいて自分ではない顔を見たときは、かあっと全身が熱くなった。自分を見たあと、返事までのあいだにクリュサルが一拍置いたことも、いたたまれなさを加速させる。

(〈森の国〉の服で珍しがられているほうが、ずっと気が楽……)

クリュサルの顔の翳りが一瞬晴れて、いたずらっぽい顔になった。

「言っていいなら」

エデトは急いでさえぎった。

「陛下も結構です！　それよりまいりましょう！」

クリュサルはその顔のまま、腕を出した。失礼しますとことわってから手をかけると、彼は小さく笑った。

「そう緊張しないで。大丈夫、おれのそばから離さないから」

自分を落ちつかせようというクリュサルの意図はもちろんわかっている。わかってはいるが、それでもなんだかからかわれた気がして、顔から火が出そうになる。

(赤くなってもわからないよう、もっと厚化粧にしてもらってもよかったかも……)

エデトは、巧みに隠された胸のお守りを握り、息をついた。

大広間〈星の間〉の惜しげもなくともされた灯火と、その光を増幅させる灯覆(ひおお)いは、以前見たときと変わらない。変わったのは、冷気を増した季節とエデト自身の気持ちだった。

（あのときは、どうやって陛下に助けてもらうかだけを考えていたけれど）

だがいまは、どうすればクリュサルのためになるかを考えている。

先に集まっていた出席者の礼を受けながら、エデトは席に着いた。隣にクリュサルも座った。

再開された音楽にまぎれて、ひそひそとささやく貴婦人たちの視線が、おおよその内容を伝えてくる。

（まだ正式な婚約者でもないのに思いあがって、というあたりかしら）

ひときわ堂々とおしゃべりにいそしんでいた老貴婦人たちの集団に、まっすぐに驢馬の耳が近づいていった。彼女たちは貴婦人の流儀であしらおうとしただろうが、この道化には利かない。じりじりと大広間の隅へと追いやられていくさまを、エデトは感心しながら見守った。

（案外ラケイドは、狩りの勢子(せこ)をやらせたら上手(じょうず)かも）

場違いにも程があることをぼんやり考えていると、背後に、さりげなくアシャが控えた。

「アシャ、うちあわせどおりにお願い」

「お任せください」

曲が終わり、次の曲が始まった。舞曲の序章だった。参加者たちは慣れた様子で脇により、大広間の中央にぽっかり空間ができた。

「エデト、じゃあこれだけ。おれが合わせるから、講義どおりにやればいい」

「はい」

エデトはうなずき、クリュサルに手を預けた。宮廷舞踏会のはじまりを告げるのは、皇帝とその伴侶の務めとなる。自分に集中する視線を感じながらも、エデトは胸を張ってクリュサルに導かれるままに中央に歩を進める。

(ぶっつけ本番だけれど)

事前にクリュサルと練習することは、彼から打診はあったものの、エデトがことわった。彼の時間を使わせては、この偽装結婚のそもそもの目的を妨げてしまう。

(ここでわたしが失敗したところで、時間を稼ぎたいという陛下の邪魔にはならないし)

とはいえ、始める前から失敗するつもりもない。新しい靴にも慣れた。ふうと小さく息を入れて、エデトはクリュサルとともに舞曲のしらべに合わせて踊りはじめた。

「――上手だな。エデトはきっとそうだろうと思ったよ」

クリュサルが言った。そしてすぐにいたずらっぽく笑う。

「それに、アシャが練習相手になったんだろう？　どうせ、そんなに背は変わりませんから、とでも言って」

練習中のアシャの台詞をまた聞くことになって、エデトもつい笑った。

「はい、当てられました」

ひととおり踊ったところで、旋律のわずかな切れ目が来た。次々と他の者たちも踊りはじめて、輪ができていく。

唐突に、クリュサルにぐいと強引に体の向きを変えられる。講義にも練習にもなかった急な動きだったが、クリュサルにしっかり抱きとめられていたおかげもあって、エデトは驚きながらついていけた。

直後、エデトのすぐ隣を別の踊り手たちがかすめていった。彼らの眉間に一瞬寄せられたいまいましげな皺を、エデトは見た。わざとエデトにぶつかってやろうとしていたらしかった。クリュサルにきつめの視線を向けられ、彼らはあわてて離れていく。

「もう十分だ。戻ろう」

エデトが礼を述べるより早く、クリュサルは足を止めて席に向かおうとした。

そのとき、近くで踊っていたひとりの貴婦人が声をあげた。

「まあ王女殿下、落とし物をなさいましてよ」

皇妃候補というには年長の、三十がらみの女性だった。貴婦人らしからぬすばやい動きで、彼女は床から絹のハンカチを拾いあげた。

実用性を無視した美しい透かし模様には、たしかに見おぼえがある。数日前にアシャが用意してくれていたハンカチだろう。だが、彼女の妙な猫なで声が気になる。

「ありがとうござ――」

エデトが受け取ろうとするより早く、彼女はさもハンカチがほどけたふうに、包まれていた紙片を目の前に差しあげた。

「あら、何か書いて――深き森の奥深くに秘められた白き胸の輝きを――まあぁあ!!」

大げさな叫び声に、周囲が動きを止めた。異変に気づいて楽士たちも手を止めた。

緊張をはらんだ静寂が訪れる。

貴婦人はいかにもあわてた様子をとりつくろって紙片をハンカチに戻そうとしたが、その指がもつれたように紙片をはじき、今度は別の貴族の足もとへと落ちた。ラフィアック侯爵だった。彼はすぐさま紙片を拾い、別の一節を読みあげた。

「蜂蜜のごとく甘く柔らかな月の夜の黒き瞳の記憶を――王女殿下、これはどういったご関係の方からのお言葉ですかな?」

蔑んだ目がエデトを見やる。

(今日は追いこみ猟ね)

彼らの企みを悟り、エデトはふうっと息をついた。

(皇妃にふさわしくない証明として、浮気中と断罪することにしたみたい)

吠えたてて獲物を追いこんでいく猟犬はほかにいないか、エデトは一瞬待ったが、このふたりで終了らしい。ラフィアック侯爵が、周囲に聞かせるように朗々と尋ねてきた。

「王女殿下、お答えいただきたい。この筆跡はクリュサル陛下のものとは思えませぬが」

そうしながら、彼は紙片を顔の前に持ちあげた。クリュサルに見せつけたつもりらしい。

（でも残念でした、これは偽装結婚です）

愛人などもともといないが、仮にエデトにそうした相手がいたところで、時間稼ぎしか必要としていないクリュサルにはまったく関係がない。彼らはエデトを罠に追いこんだつもりでも、そこには射手も仕掛け矢も穴も箱もくくり縄もなかった。

（そもそもわたしは、逆賊かもしれないユール一族の血を引いて――いえ、いまはそんなことどうでもいいの！）

ふとよぎった思いを、エデトは急いで頭から追いやった。と、そこにクリュサルの声がした。

「――エデト、あれは偽物（にせもの）？　国のそういう人からもらったものではなくて？」

「はっ⁉」

気のせいか真剣な質問のように聞こえて、エデトは心の底から驚いてふりむいた。

「偽物か、よかった」

小さなつぶやきを残して、クリュサルがさっと進み出た。

（よかった、って――え――ええっ――？）

彼のそのつぶやきが何に対してのものなのか、顔が勝手に熱くなっていく。

つかつかとラフィアック侯爵に歩み寄ったクリュサルが、紙片を奪い取った。

「恥ずかしいな、ラフィアック。私の詩を読みあげるのはやめてくれないか」

エデトはますます驚いて彼を見た。こちらに背を向けた彼の、金褐色の髪のあいだに見える耳がすっかり赤くなっている。

(当たり前よ……)

悪趣味かつ下手な詩を自分のものだと宣言するのは、この上ない屈辱に違いない。

ラフィアック侯爵も貴婦人も目を白黒させている。紙片の書き手がクリュサルでないことは彼ら自身が最も確実に知っているのだから、こちらも当たり前だろう。

「で、ですがこれは、陛下のお手では――」

「だから、恥ずかしいからやめてくれ。気が高ぶって、つい手もとにまで出てしまったんだ」

クリュサルは貴婦人の手からもハンカチを奪い取った。そしてエデトの手を取った。

「さあ、音楽を！」

楽士たちがあわてて演奏を再開した。紙片を読んだ貴婦人とラフィアック侯爵がぽかんとたたずむなか、ほかの者たちがためらいながらも踊りはじめた。

クリュサルはエデトを席に座らせると、いくらか乱暴に隣に着いた。目もとを覆うように額を手で押さえているが、まだ顔が赤い。自分もそんな顔でいるような気がしつつ、エデトは彼が心配だった。

「陛下、対応が遅れて申し訳ありません。わたしが先に釈明をするべきで」

「ごめん、エデト」

謝罪はさえぎられ、身を乗り出した彼に早口に謝られる。そして不意にささやかれた。

「――今日も見とれるくらいきれいだけれど、でもこの前の寝顔は特にかわいかった」

「なっ⁉」

この前、がいつを意味するかは説明の必要などない。庭園でのうたたねの記憶が鮮明によみがえって、一瞬でエデトの顔に血がのぼる。

「……それでいい。ありがとう、ごめん」

クリュサルは、大きく息をつきながら背もたれによりかかり、また額を押さえた。

(なっなななななっ何⁉)

鏡を見なくても、自分が真っ赤になっていることはわかる。それがまた恥ずかしさをかきたてていく。

ただ、頭の一部にまだ冷静さは残っている。ささやきかわして顔を赤くしている自分たちを見て、この企みに関与していなかった者たちが、皇帝のぬれごとと、目配せしてにやついているることはわかった。読みあげられた詩はクリュサルのものだったのだと、もはや疑う者もいないだろう。

「……だ、大丈夫です。あの、でも、陛下、ラフィアック閣下たちは……？」

「さあ、おれが倒錯(とうさく)趣味だとでも思うんじゃないかな。――どうでもいい」

クリュサルは、すっかり疲れて投げやりになっている。そこにアシャが声をかけてくる。

「エデトさま、うちあわせどおりにエデトさまたちの周辺をよく見ておきました。……クリュサルさま、あれ、本当に書いたわけじゃないですよね？　あんないやらしい詩をエデトさまに書いてたら、つねりますよ？」

「書いてない」

地を這うような低い声。エデトは、クリュサルのさらなる心労を気づかって話を変えた。

「アシャ、じゃあ教えて。さっきの陰謀の加担者は？」

「はい。エデトさまにぶつかろうとしていたのは、リーメ伯爵夫人です。ハンカチを拾ったのは、その友人のショナル男爵夫人。実家はジュス伯爵家で、前に講義に同席したジュス伯爵令嬢は妹です。ラフィアック侯爵はご存じですよね」

皇妃候補の縁者同士が、共通の敵の前にひとまず協力することにしたのだろう。エデトはひとりの男を思い出しながら尋ねた。

「ハーグレス閣下は？」

「それが、出席はしてるはずなんですが。さっきから全然見当たらないんです」

彼がこんな機会を逃すわけはないと煙水晶の眼鏡を探したが、たしかにいない。

そもそもクリュサルの感情に頼り切った稚拙な罠は、メイルズ・ハーグレスの罠とはあまりに違う。彼は関わっていないのかもしれない。

（あの人は宮廷の毛長鶏じゃなくて、尾綱鼬だもの）

彼は以前、クリュサルの毒殺未遂事件を仕組んだ。あのときは実際に毒が仕込まれることはなかったが、可能であれば確実にエデトを陥れるためにそうしていただろうと思わせる。ほかの貴族とは違い、メイルズ・ハーグレスには皇帝を特別視する気持ちをまるで感じない。

（それどころか陛下を押さえつけようというか、下に見ようとしているというか……）

エデトは、クリュサルの忠告を思い出した。

――メイルズにも、ミウステアにも、決して近づかないこと。

（でも、あの人の計画が陛下の身を傷つけるようなものであるなら、絶対に阻止しなくては）

それが自分の義務だった。エデトは恥ずかしさをこらえてクリュサルに顔を向けた。

「陛下、少し中座してもよろしいですか」

§　§　§

皇帝の腕に身をゆだね、黒髪をなびかせ大胆にドレスの裾をさばいて軽やかに踊る王女の姿がまだ浮かぶ。だがその記憶以上にミウステアの心をざわつかせるのは、情熱的な詩を読みあげられ、真っ赤になって紙片を奪い取ったクリュサルの姿だった。そんな皇帝を見ていられなくて、ミウステアは人のいない外へ逃げた。付き添いの女官もわずらわしく、帰り支度を命じて追いはらう。

冷気が濃い噴水の傍らに座ってぼんやりしていると、言い争う声が近づいてきた。

「あれでも目が覚めないとは、見通しが甘かったのではないか！」

「田舎王女へのたたみかけが足りなかったのです！」

「いいえ、そもそももっと露骨な詩句にすべきでしたわ！」

ミウステアは腰を浮かせた。だが、見つかってしまった。

「――これは、ハーグレス侯爵令嬢」

言い争っていたのはラフィアック侯爵夫妻とショナル男爵夫人だった。ラフィアック侯爵令嬢もいて、やはり不機嫌な顔をしている。こうなっては、無視することは作法に反する。

「お邪魔いたしまして申し訳ございません。わたくしは別へ移りますので、どうぞ」

立ち去ろうとしたミウステアの前に、ラフィアック侯爵夫人が立ちはだかった。

「ちょうどようございました、ぜひハーグレス侯爵令嬢にもご協力いただけませんこと？　今夜は失敗いたしましたが、婚約式前、せめて結婚前には宮廷から追い出さねばなりませんわ」

失敗、という言葉に、ミウステアは眉をひそめた。

「どういうことでしょう？」

「ですから、あの田舎王女は皇妃にふさわしくない女だと、クリュサル陛下におわかりいただけるようにするのです。浮気、浪費癖……表面上の理由はなんでもいいですわ、クリュサル陛下がお心をかける価値のない女ということは間違いないのですから！」

「……先ほどの騒動はあなたがたのお芝居でしたの？　ですがクリュサル陛下は、あれはご自分が書かれた詩だとおっしゃっておりましたわ」

「そこまでたぶらかされているのです！　必ずあの田舎王女を追い出さねば。――そうだわ、あの田舎王女の国が謀反したということならどうかしら」

止めどなく広がっていく陰謀に、ミウステアは強い衝撃を受けた。

「それは……いけないことですわ」

「まあ。さすがはハーグレス侯爵令嬢ですわね。ご立派な淑女ぶりですこと」

侯爵夫人の声とまなざしが、急に冷たくなる。

「本当に。皇妃候補筆頭だったお方ですものね」

ショナル男爵夫人にまで冷たく言われ、ミウステアは身がすくんだ。それでもなんとか、彼女たちを思いとどまらせようとする。

「どうか罪深いことはなさらないでくださいませ」

すると今度は、ラフィアック侯爵令嬢が口もとを歪めて笑った。

「あら、それでも父上たちの企みが成功すれば、あなたも喜んでまたクリュサル陛下にお会いするのでしょう？　今度こそ自分を皇妃に選んでくれないかと願いながら」

おもわず口ごもったミウステアに、彼女はいっそう嘲笑を濃くした。

「ほら。きれいごとをおっしゃっていても、わたくしたちと同じではなくて？」

クリュサルへの未練を見抜かれて、ミウステアは泣きたくなった。何もかも、宮廷で見聞きするあらゆることがいやになった。

「――いいえ。わたくしは、領地の館に下がります。父と静かに暮らします。兄も、わたくしは宮廷には向いていないと言っておりましたもの」

震える唇から、自然にそんな言葉が出た。

「まあそうですの。ではどうぞ田舎でお元気で、ハーグレス侯爵令嬢」

まるで心のこもらないあいさつを最後に、四人は立ち去った。

ミウステアはくたくたと座りこんだ。抑える間もなく、涙がこぼれてきた。

「――まだ行儀よくすることしかできんのか」

兄の声がした。いつの間にか、メイルズが傍らに立っていた。

「それがおまえのやりたいことなら、たしかに領地に引っこむしかあるまい。父上の娘として、土地の者が心ゆくまでちやほやしてくれるだろうよ」

突き放した言葉が、いつも以上に心に突き刺さる。ミウステアは唇を噛みしめた。それでもわずかな希望にすがって、ミウステアは兄に尋ねた。

「……まさかお兄さまも、いまの方たちと協力なさっておいでなのですか？」

はっ、とメイルズはいかにもばかにしたように鼻で笑った。

「あの間抜けどもと一緒にするな。あいつらは何もわかっていない」

兄が卑劣な陰謀に加担していないことには安堵する。だが、それ以上に不穏な予感がする。

ミウステアは息苦しくなって、胸を押さえた。

「あれは、子供のころから冷徹な奴だ。十年、ヴァルゼー陛下の衰えを涼しい顔で待っていた。あんな子供だましの企みでどうにかなるものか」

クリュサルを評する声は淡々として感情はなく、薄暗がりで濃さを増した煙水晶の眼鏡も表情をよりわかりづらくする。兄の真意を知りたくて、ミウステアは懸命に目を凝らす。

「それでもおまえが皇妃になれれば、なんとかできるかと思ったのだがな。今夜でわかった。おまえには無理だ」

眼鏡越しの冷たい視線だけは見えた。自分を手駒扱いする言葉よりもその視線が悲しくて、ミウステアの目に涙があふれた。

「……お兄さまは、変わられました。前の皇帝陛下の小姓になる前は、お父さまと仲良く本に親しみ、わたくしにも優しくしてくださいましたのに」

「それを成長と言うんだ。おまえは成長とは無縁で幸せ者だな。さっさと父上のもとへ行け」

冷ややかに言い捨てて、メイルズは立ち去った。ひとり噴水そばの冷たい地面に取り残されて、ミウステアは体が動かなかった。ただ涙だけがやけにこぼれた。

そこにまた別の声がした。

「――大丈夫ですか？」

心配そうに手を差しのべてくる〈森の国〉の王女に、ミウステアは頭が真っ白になった。

§　§　§

メイルズを探すために外に出て、人声に気づいて近づいて、すべて聞いてしまった。

(巣から落ちてしまった雛鳥みたい……)

華奢で繊細な生き物を両手でそうっとくるむように、エデトはミウステアに声をかけずにはいられなかった。メイルズを追うことはできなくなったが、彼は、少なくとも今夜は何も仕掛けてこない気がする。

(なんて可憐な人なんだろう)

座らせたミウステアの美しさに、改めて感動する。アシャは頑張ってくれているが、こうして本物の貴婦人を目の当たりにすると、自分など付け焼き刃にすぎないことがよくわかる。

しかもそうした外見にふさわしい美しい心も、初対面のときと変わっていない。あのときのエデトは辺境から出てきた客人にすぎなかったが、いまは横から皇帝をかっさらったうそつき女だった。ミウステアもさすがに悪い感情しか持てないだろうに、それでも貴族たちの陰謀を止めようとし、クリュサルに反意を持つ兄を嘆いていた。

(やっぱり、陛下も退位なんて考えないでこの人と結婚すればよかったのに)

他の令嬢たちとは違う彼女なら、きっと非の打ちどころのない皇妃になる――そう思った瞬間、自分に向けられたクリュサルの笑顔がなぜか脳裡にひらめいた。エデトはあせってあわてたあげく、おもわず何も考えないうちに口をひらいていた。

「――あのっ、いま、ハーグレス閣下と喧嘩をされていたようですけれど」

ミウステアがはっと目をみはる。その目にみるみる涙がにじみ、彼女はうつむいた。

(うわあ、わたしのばか！　もう少し切り出し方というものが！)

しかし、すでに言ってしまったものは仕方がない。

「置いていかれてしまったのでしたら、お送りします」

ミウステアは無言だった。ただ、膝の上でハンカチを持つ手がぎゅっと握りしめられ、震えていた。

(ごめんなさい)

エデトは彼女に謝りたくなった。自分がクリュサルに偽装結婚を持ちかけず、皇妃になる機会が彼女に残っていれば、メイルズもあそこまで冷たくはならなかったかもしれない。

でも、とそっとお守りに触れる。

「――わたしにも、兄弟がいます。兄ではなくて、弟ですけれど」

遠い日の記憶がよみがえる。

ずっとリウの看病で会えなかった母に、あの日、エデトはついに爆発した。侍女を振り切り母の部屋に駆けこんで小さな子供のように泣きじゃくり、なだめる母に訴えた。

――じゃあ、それ！　母さまの大切なお守り、わたしにちょうだい!!

そのお守りを母が常に首からかけて大切にしていることは、よく知っていた。だからこそ欲しかった。自分も母に愛されている証拠が欲しかった。

母はエデトから守るようにお守りを握った。優しい母の顔は青ざめ、こわばった。いつものエデトならそれではっとして引き下がったはずだが、そのときはどうしてもできなかった。

――わたしにちょうだい!!

母の手がエデトの頬に伸びた。一瞬エデトは、初めて母からぶたれるのかと思った。母の顔はそれほどこわばり、怖いほどだった。それならそれでいい、とエデトは涙に濡れた目で母をにらみつけた。

だが、ふっと母は微笑んだ。微笑とともに、優しい手が頬をなでてくれた。

――エデト、じゃあこれは母さまのかわり。

母の手が離れ、そしてエデトの首にふわっとお守りがかけられた。その感触とともに、いまになって強烈な罪悪感がこみあげた。母の大切なものを無理やり奪ってしまったこと、まだ幼いリウにはもうそんなものは残っていないこと、そんなことをした自分はひどい娘で姉だという自覚にさいなまれた。だが、母が自分に応えてくれたという喜びはそれにもまさった。

――大切にするのよ。

母に言われ、エデトは全力でうなずいた。

――約束する、これからずうっと大切にする！

そして母から同じものはもらえないリウも、このことを秘密にするかわり、誰よりも大切にしようと決めた。

「ときどき、生意気だなって思うこともありますけれど、でもやっぱりとてもかわいい弟です。わたしにできることならなんでもしてあげたいくらい、大切です。ですからたぶんハーグレス閣下とも、落ちつかれたら仲直りできるのではないですか」

エデトが慰めると、ミウステアは暗い声で答えた。

「……エデト殿下とは、兄は違いますから」

(それはそうなのだけれど)

似ていると納得されても困るのだが、こんなときにふさわしい言葉はなかなか見つからない。

「ええと――でも、ハーグレス閣下はよくあなたを褒めていらっしゃるそうですし」

「そのように聞いておりますけれど、わたくし自身は聞いたことがないのです」

「えっと――あの、子供のころは仲がよかったのではありませんか？」

すると、ミウステアは初めて表情を動かした。

「ええ。昔はとても優しい兄でした」

彼女の口もとだけのかすかな笑みは、過去を悲しんでいるかのようだった。

「でも前の皇帝陛下のお供をして逆賊討伐に参加してから、兄は変わってしまいました」

ミウステアが口にした逆賊討伐という言葉に、エデトの心臓が跳ねる。

「……十年ほど前、大事件があったそうですね」

「ええ。わたくしはまだ子供で事情はよくわかりませんでしたけれど、兄も皇帝陛下のお供をして戦地に赴くと聞いて、父がひどく心配していたことはよくおぼえています。幸い、兄は傷ひとつなく帰ってきました。ですが帰宅後すぐに父の本を全部引き裂いて、父とひどく揉めました。逆賊の記録なんて必要ない、と叫んだ顔が、とても怖くて」

ミウステアは弱々しくかぶりを振った。彼女を慰めながら、エデトは早鐘のような心臓の鼓動に耐えていた。

(やっぱり、ユール一族は謀反を企んでいた――)

当時現地にいたメイルズもそう思い、帝都に戻ってからも敵意は薄らがなかったらしい。

(でも母さまは違うよね。だから〈森の国〉に来て、誰にも話さなかったのよね。――帝国にいたら、逆賊のユール一族だったから――)

エデトはお守りをつかんだ。逆賊の一族の血を引く者が、聖レオス帝国の法律でどういう扱いになるかはわからない。だが、エデトの心情的にはひとつ決定的なことがある。

（長々と陛下のそばにいてはいけない）

特に、何かとクリュサルに反抗的なメイルズがエデトの母の素性を知れば、必ずつけこもうとしてくるだろう。ユール一族に強い敵意があるなら、なおさらだった。

（逆賊の一族の娘としてわたしが追放されるだけならまだしも、わたしを選んだとして陛下へもよくないことを――って、それもよくないわ！）

一瞬とはいえ、〈森の国〉まで逆賊扱いされる危険性よりもクリュサルの立場を優先させた自分に、エデトは内心うろたえた。ざわつく胸のなか、改めて、ここに長くいるべきではないという思いばかりが強くなる。

一方、ミウステアは落ちついてきたらしい。自分がつい話しすぎてしまったことにも気づいたのか、居心地が悪そうにしはじめた。

「もう大丈夫ですか？　付き添いの方は？」

「……帰り仕度をしていますわ」

エデトはほどよく離れて控えてくれていたアシャを呼び、ミウステアを託した。そして自分は大広間の席に戻った。ふりむいたクリュサルに頼む。

「陛下、以前の約束をひとつ破らせてください。時間を稼ぐこと以外にもわたしにできることがあれば、手助けさせてはもらえませんか」

クリュサルが目をみはる。そしてゆっくりまばたいたとき、わずかに目もとがほころんだ。

彼が笑顔を向けてくれる――その瞬間、胸がうずいた。そんなふうにクリュサルから微笑みかけられることがうしろめたく、耐えられなかった。エデトは目を伏せて低く言った。

「弟のところへ、帰らないといけませんから――」

§　§　§

舞踏会を早々に切りあげて〈冠の間〉に戻ったクリュサルだが、いつものようにすぐさま居室に入ることなく、ぼんやりと着替えている。憂鬱な視線を中空にただよわせている幼なじみの姿に、カドシュがさりげなく声をかける。

「今日はもう休むんだな？　うん、そのほうがいい」

クリュサルがわれに返った。

「いや、今日もだ。急がないと」

急にばたばたとしはじめる。カドシュは疑わしげに目を細めた。

「なんだかいつもよりあせってるな。何があった？」

クリュサルの動きが止まった。髪をかきあげた手の下から、小さな息が漏れた。

「……エデトが、帰りたがっていた。だから早く帰してやらないといけない」

「そうやって気ばかり急いても、いいことはなさそうだがな」

「いいことだろうが悪いことだろうが、とにかくやらないことには始まらない」

「それはそうだがな。――だからこの前も、生き残ったのがおれじゃなければって言ったんだ。そうしたら、そもそも退位なんてたわごとからして止めてくれたはずなんだが」

きっと横目ににらんだクリュサルにかまわず、カドシュはさらに言った。

「おれはおまえに、おまえは間違ってるとわからせることはできない。ただ言わせてくれ。これだけ懸命に探しても次の皇帝を決められないっていうのも、これまで間違ったことがないおまえが出した回答のひとつじゃないか？」

「……どういうことだ？」

「次の皇帝は、たぶんまだこの世にいない。生まれてないんだ」

クリュサルは眉を逆立てた。

「ばかな！　そもそもこうしているあいだにも、帝国の滅亡は迫っているんだぞ、これから生まれるかどうかもわからない赤ん坊なんて、待っている時間はない！」

「だったらおまえがすぐにでも結婚すればいい。それで子供が生まれたら、その子が次の皇帝かもしれない。引き継ぐまでは責任持って、なんとか帝国を保たせろよ」

あっさり言ってのけたカドシュに、クリュサルが絶句する。カドシュはさらに付け足した。

「これが一番可能性が高いだろ。歴代皇帝はほぼ皇帝の子だったんだから」

クリュサルが息を入れた。いらだたしげな大きなため息が続いた。

「──全然確実じゃない。そんな推測、なんの保証もない」

「だからって、むなしく時間を費やして無駄にするより、ましな未来になる可能性はあがるよな。時間稼ぎついでに、これもエデトさまに頼んだらどうだ？」

クリュサルがいよいよ本気で怒った顔になる。

「頼めるか、そんなこと！　よくそれでおれを人でなし呼ばわりできたな！」

抑えるそぶりすらなく感情をぶちまけた幼なじみを、カドシュは両手をあげてなだめた。そうしながらひきつづき様子をうかがう。

「悪かった、いまのはたしかにひどい言いぐさだった。でもとりあえず面倒な事情は全部後回しにして、単純におまえ自身の気持ちだけならどうなんだ？　エデトさまとの結婚は」

「後回しにするものじゃない！」

「仮定の話だ、得意だろ。まじめにけなげに頑張ってくれてる人をおまえがどう思ってるのか、それだけの話だ。で？」

クリュサルの目が泳いだ。ぽつりとつぶやく。

「──困る」

カドシュは目を丸くした。

「は!?　なんだそれ？　困る？　嫌いだとかいやだとか、友達としてだとか姉妹みたいだとかならわかるが、困るってなんだ？」

「うるさい、とにかく困る。だから仮定はここで終わりだ」

クリュサルは背中を向けた。そうして会話を拒絶して居室に入ったクリュサルを見送って、カドシュは大きく息をついた。

§　§　§

朝食後のくつろいだ時間、誰かが〈月の間〉を訪ねてきた。対応に出たアシャのはずんだ声がして、エデトは目をやった。

「エデトさま！　カドシュが——こほん、気分転換はいかがかと申しております」

いそいそと戻ってきたアシャの背後に、長身の護衛の姿がある。

「おはようございます、エデトさま」

「おはよう、カドシュ。気分転換って？　今日は婚約式のうちあわせと聞いているけれど」

「クリュサルさまにまた視察の必要ができまして、そちらのうちあわせを優先させることになりました。ですので、いい機会かと思いまして」

「何をするの？」

カドシュはにこりとした。

「お手合わせをお願いさせていただこうかと。弓をなさるとうかがいました」

アシャが驚いて何か言おうとしたが、エデトのほうが早かった。

「いいの!?　うれしい、だいぶ引いていないから、なまってしまった気がして」

「はい。〈森の国〉の技をぜひ見せていただきたく」

エデトは寝室に駆けこみ、ドレスを脱ぎ捨て、ひさびさの故郷の服に着替えた。革ブーツに足を入れ、ぎゅっと紐（ひも）を締めると、しっかり足を包んでくれる感覚がなつかしい。手にした弓に、自然に背すじがぴんと伸びる。

（そう――心を静めて、よけいなことは考えないで、ただ的だけを見て）

カドシュが連れていってくれたのは、宮廷内の兵舎に作られた広い射場だった。非番の衛兵たちが遠巻きに、それでも興味丸出しで眺めているが、まるで気にならない。

「〈森の国〉の弓は小型ですね」

カドシュが、自分も弓を持って隣に並ぶ。長身の彼の胸くらいまである帝国弓に比べ、持ち手の部分がくぼんでいるエデトの弓は半分以下でしかない。

「森で使うものだから」

「たしかにこちらの弓では、すぐに枝にひっかかってしまいそうです。ではどうぞお先に」

「ううん、まずはカドシュのお手並みを拝見させて」

「自信がおありなのですね」

カドシュは笑いながら矢筒から抜いた矢をつがえ、軽く引いて、放った。

「お見事！　ね、アシャ」

背後のアシャにふりむくと、彼女はうれしそうにうなずきながらぱちぱちぱちぱちと拍手した。

カドシュが苦笑した。

「エデトさま、まだ結果を確かめておりませんが」

「ふふ、見なくてもわかります」

彼の一連の動作はなめらかで、さりげなく、強靭でありながら余分な力みというものがない。弓の上手が多い〈森の国〉でも最上位に来る。

的の当たりを判定する見習兵が、さっと黒い旗をあげた。

「どうやら中心部に当たったようです。恥をかかずにすみました。ではどうぞ、エデトさま」

エデトはすばやく視線を送って的までの距離をはかり、自分の矢をつがえた。白い的のなかにある黒点を見定め、射る。ひゅん、と小気味よい弦の音が耳を打つ。

「お見事です」

今度はカドシュが、見習兵が黒い旗を出す前に言った。それからふりかえった。

「アシャ、悪いんだが革手袋を持ってきてくれないか。古いやつだったから、破けそうだ」

「いま!?　もう、カドシュったらそそっかしいんだから！」

アシャはぷりぷりしてみせたが、まんざらでもなさそうに急いで立ち去った。

（そんな不手際をしそうな人じゃないのに）

違和感をおぼえて、エデトは皇帝の長身の護衛を見上げた。

「先日、クリュサルさまはエデトさまにはお話しにならなかったそうですので、いま自分からお伝えしますが」

カドシュが新たに矢をつがえる。きりきりとひきしぼる弓の音にまぎれて、次の声がした。

「自分は、ユール一族の生き残りです」

目をみはったエデトの前、相変わらず力みのない表情で、彼はさらに弓を引いていく。さりげない動きには人間離れした力が込められている。

「表向きは、一族に使われていた近所の村の孤児ということになっておりますので、どうぞご内密に。自分の素性はアシャも、彼女の父親のグラブリド閣下も知りません。ユール一族が逆賊とされてしまった以上、よけいな気づかいをさせたくありませんでしたから」

エデトは呆然（ぼうぜん）と彼の話を聞いていた。

「クリュサルさまは――いえ、クリュサルは〈聖舎〉が攻められる最後の瞬間まで、なんとかして一族を救おうとしてくれました。でもだめだった。クリュサルにできたのは、われわれふたりを、ヴァルゼーとは疎遠だったグラブリド隊長の部隊に保護させることだけでした。さもなければ他の一族の者同様に、ヴァルゼーに殺されていたでしょう」

すさまじい勢いで矢が放たれた。カドシュはエデトを見て苦笑した。

「お恥ずかしい、はずしました」

視界の端で、白い旗をあげる見習兵が見えた。

(こんな話をしているなんて、まわりに気づかれないようにしないと)

なのに、矢をつがえる手が震えている。クリュサルに誰よりも近いカドシュがユール一族と知って、また心がざわついている。エデトはふうっと息をつき、やりなおした。

「……わたしの母が、どうしてユール一族を離れたのかは知っていますか?」

尋ねながらも、視線と意識はひたすら的に集中させる。

「母が〈森の国〉で保護されたのは、事件よりずっと前だった。なのに母は、わたしたちに何も話さなかった。自分の一族に戻ろうともしなかった。母が一族を離れて口をつぐまねばならない理由が、何かあったのだとしか思えません」

的を見つめる目の奥がじんとしみてきた。エデトは自分に命じた。

(考えるな――)

答えるカドシュの声は落ちついていた。

「自分が生まれるよりも前のことですが、族長の娘ロアは、なんの前触れもなく、突然姿を消したと聞いていました。彼女に何があったのかは、当時もいまもまるでわかりません。ですが、これだけはたしかです。ユール一族が聖レオスの帝国に背くことなどありえません」

彼にはなんの迷いもなかった。太陽は東から昇り西へ沈むと言うかのように、否定のしようがない事実をただ述べていた。

「皇帝ヴァルゼーがなぜユール一族を敵視したのか、それも自分にはわかりません。ですがわれわれは、聖レオスの思いを引き継ぐ皇帝を護る一族です。そして現在の皇帝はクリュサルです。ですからあえて言います。あなたもユール一族の血を引く者として、一族と〈聖舎〉の加護を失ってしまったクリュサルを助けてやってはくれませんか――いま以上に、近くで」

エデトは無言で矢を放った。見習兵が黒い旗をあげた。止めていた息を鋭くついて、エデトはカドシュを見上げた。

（なんて迷いのない人なんだろう）

かつてはエデトも、自分も迷いはないほうだと思っていた。胸のお守りを支えにして、リウのため、〈森の国〉のため、自分自身を二の次にしてなんのためらいもなかった。

だが、カドシュを前にしたいまは、そんな自信はもはやない。

（だって母さまは、わたしに何も言わなかった――）

何も知らない以上、自信など持てるはずがなかった。不安に塗りつぶされそうな自分自身の感情にかき乱されるばかりで、彼のような迷いのなさを自分も持てたらどれほど楽だろうかと、憧憬ばかりが胸に迫る。

エデトはためらいながら口をひらいた。

「カドシュ、わたしは――」

「いますぐにとは申しません。ただ、お考えいただければ」

アシャが戻ってきた。カドシュはいつもどおりの笑顔で革手袋を受け取った。

§　§　§

婚約式直前の宮廷は、朝からどことなくあわただしい。人の行き来が増え、誰もが忙しそうにしている。アシャの話では、いよいよ結婚式の準備も始まるとのことだった。

「婚約式がすんでしまえば、もう結婚間違いなしですからね。エデトさまにあれこれいちゃもんつけて邪魔していた奴らもこれまでです！　いい気味だわ」

邪魔をして引きのばしてくれるほうがクリュサルの助けになるのだが、いつの間にかアシャは、そもそもこれが偽装結婚だということを忘れてしまっているらしい。エデトは苦笑した。

（でも、いくら見せかけのものとはいえ、わたしが陛下と婚約だなんて――）

すっかりエデトの心に居着いてしまった不安が、またやってくる。

ユール一族の生き残りだとエデトにうちあけたカドシュは、クリュサルの助けになってくれと言った。

カドシュにそう言われるまでもなかった。舞踏会の夜、エデト自身もそう望んで、クリュサルにさらなる手助けを申し出た。ただしそれはカドシュの意図とは違い、少しでも早くクリュサルから離れるためだった。

（カドシュも、どうして前皇帝がユール一族を敵視したのかは知らなかった）

母は何も語らず、ラケイドはユール一族が謀反を企てていたと言い、そして十年前現地に居合わせたメイルズもユール一族への敵意を募らせて帰ってきた。ユール一族は本当に無実だったのか、エデトの不安を解消してくれるものはない。

（やっぱりわたしは、陛下のそばにいないほうがいい）

だが一方で、手助けをさせてほしいと申し出たときのクリュサルの反応もずっと心に残っている。あのとき笑顔になりかけたクリュサルだったが、その直後、まるで重い扉が落ちたかのようにすっと無表情になってしまった。思い出すたび、胸が冷たくつかえる。

こんな状態でクリュサルと顔を合わせたくはなかった。だが、彼の視察前日の今日が婚約式と決まってしまった。クリュサルの意向で家族の出席も祝宴もない、極限まで簡略化されたものだったが、さすがに婚約する者同士が顔を合わせないわけにはいかない。

気の重いまま、エデトはアシャに付き添われて〈冠の間〉へ向かった。いつもより多い衛兵と大臣官吏らがずらりと廊下に並び、エデトを迎えた。結婚優先派らしい者は晴れやかだったが、反対派のいらだった顔はそれとは対照的で、そうしたなかにメイルズの煙水晶の眼鏡が際立っていた。それでも態度だけは全員うやうやしく、部屋へと入るエデトを見送った。

室内には、内心をうかがわせない微笑を浮かべたクリュサルがいた。そのそばにはいつものようにカドシュが控え、そして〈森の国〉の少年従者が婚約の贈り物を捧げ持っていた。

（何も考えるな）

エデトは自分に言い聞かせた。そうしなければこの場から逃げ出してしまいそうだった。いまやるべきことを淡々と終わらせるため、華奢な少年従者から贈り物を受け取ろうとする。

「はい、どうぞ」

いくらかぶっきらぼうに言った少年従者が、形のいい金の両眼で見上げてきた。すっぽり頭を覆った帽子の下に隠されていたのは、銀の髪だった。

エデトは息を呑んだ。そして次の瞬間、ひさしぶりに会った弟をぎゅっと抱きしめた。

（リウ……!!）

かすかに森の風のにおいがする銀の髪に顔を寄せるだけで、何も言えない。じんと熱くなった目を、エデトはきつく閉じる。弟の背はまた少し伸びた気がする。

「はいはい姉さま、落ちついて」

生意気な声と、軽く背中を叩く手に、さらに目の奥が熱くなる。皇帝だとかユール一族だとか、そんなことに思いを乱されなくてすんだなつかしい故郷が胸に帰ってくる。

「エデト？」

クリュサルの声がしたが、エデトは動けなかった。応えたのはリウだった。

「初めてお目にかかります、聖レオス帝国皇帝陛下。〈森の国〉代々の王より受け継ぎし先王テスカムの子、国王リウと申します。このたび、姉を迎えにまいりました」

（えっ……？）

エデトは、体を離して弟を見た。

リウは、手にしていた贈り物をクリュサルに差し出していた。かぶせた布の下は形式的な蔓草の置物のはずだが、どうやら違うらしい。

リウをじっと見つめたクリュサルが、黙って受け取って布を取った。やはり置物ではなく、折りたたんだ粗末な紙片があった。

「先日帰国した者にことづけられた姉の手紙と一緒に、それが入っておりました」

リウは、どこか挑発するような口ぶりだった。

（陛下にまで生意気なんて！）

エデトはあせってクリュサルを見た。紙片をひらいて見ている彼は、厳しい顔で無言だった。

「『森の王よ、森の獣は森へと戻せ。宮廷の壁に獣の首をかけられぬうちに』――」

リウはなかば歌うように不穏な文言を唱えると、また挑発的な口ぶりに戻った。

「わが国の蜂蜜で仕組まれた事件についても、家臣より報告を受けております。さらにはこの脅迫状。申し訳ありませんが、この程度の管理もできず先も読めないお方に、ただひとりの姉をお預けすることなどできません」

「リウ！」

さすがにエデトは声に出してたしなめたが、リウは止まらなかった。

「聡明とのご評判が真実と期待して申しあげますが、皇帝陛下におかれましては、おのれの能力を超えてまで事を為そうする野心がどれほど有害かおわかりいただけるかと存じます。どうか姉をお返しください。あなたに皇帝勅書の恩を返すのが姉の決断と知ってはおりますが、それでも姉がこの宮廷で幸せになれる未来が見えません」

「やめなさい、リウ！」

弟の度重なる無礼にあせる心のままに、ふたたびクリュサルを見やる。

彼は紙片から顔をあげた。エデトを見つめた涼やかなまなざしは、憂鬱の翳りをたたえていた。ちょうど、初めて彼と会ったときと同じように。

（陛下……？）

怒っているようには見えなかったが、むしろかえってエデトは怖くなる。

クリュサルが静かに口をひらいた。

「ロアの息子リウ、きみはやはり呪譜を作るようだな」

エデトが初めて聞く言葉だった。

「ええ」

そして、クリュサルが口にした母の名とその言葉を平然と受け止めたリウも、初めて見る弟だった。そんな弟にエデトは愕然とした。

（あなたは何を知っているの、リウ……？）

リウはふっと口もとで笑った。

「僕に協力してほしいというなら、そうしてあげてもいいですよ。ですが、姉は母から何も聞いていません。陛下の役には立ちません。お返しくださるとお約束ください」

堂々と皇帝と渡りあう弟に、エデトの全身の血が引いていく。体温が失せていく。

（わたしの弟――月の子で、生意気で、だけど本当は優しい子――）

いままで疑ったこともなかった常識が、目の前であっけなく崩れていく。

（でも、リウは知っていた――母さまから教えられていた――わたしとは違って）

いままで立っていたはずの場所が、足もとから消えていく。父の教えを継ぐ娘、母との約束を守る娘、弟を助ける姉。これまで自分だと信じてきた姿がはりぼてのように感じられ、大切な家族の面影と安心して帰れる故郷までもが遠ざかる。

（リウは知っていて――わたしだけが教えられなかった――？　わたしが勝手に思いあがって、リウを助けているつもりになっていただけ――？）

もともと揺らいでいた心に限界が訪れた。頭ががんがんとして、息が苦しかった。せめてこの場にへたりこんでしまわないよう、エデトは懸命に両足に力を込めた。

不意にクリュサルの声がした。

「――アシャ、エデトに冷たい水を持ってきてくれないか。ひさびさの再会で、すっかりびっくりしてしまったようだから」

「あっ、はい、すぐに！」

ぱたぱたと走り去るアシャの足音が聞こえた。エデトはぼんやりとクリュサルを見た。静かな彼の声が聞こえてくる。

「エデト、ユール一族は聖レオスの守護精だった先祖から、武力と知力を受け継いでいたんだ。きみやカドシュの弓の腕もそれだし、きみの弟の呪譜の力もそれだ。そのふたつの力で、代々の皇帝を支えてきた」

エデトは弱々しくかぶりを振った。揺れた自分の髪すら重く感じるほど、力が失せていた。

リウが口をはさんできた。

「その歴史を止めたのも、皇帝ですけどね。母は、前の皇帝によって〈聖舎〉を逐われたんです。川に落ちるまで追いつめるなんて、幸運が味方してくれなければ死んでいたところだ」

とげとげしい声が自分に向けられたものではないとわかっていても、エデトは怖くなる。

「いわば僕たちの敵です。なのに姉さまが何も知らないことをいいことに、また協力させて、しかも危ない目に遭わせて平気だなんて。我慢にも限界ってものがありますよ」

だがクリュサルの声は、そんなリウの声も包みこむようだった。

「リウ、さすがのきみも知らないようだが、前皇帝ヴァルゼーは、おれを殺そうとしていたおれの敵だ。皇帝の称号だけで一緒にしないでくれ」

「えっ……？」

そこに、アシャが帰ってきた。クリュサルは水を取り、みずからエデトに差し出した。

「ひと息ついたら、行こう。外の者をあまり待たせると、怪しまれる」

だがエデトはまた小さくかぶりを振った。

（わたしは――どうして――なんのために――）

自分だけが、家族から何も聞かされていなかった。そうとわかった途端、自分が自分ではなくなった。

リウのためにクリュサルに協力を願ったことも、その恩返しにと偽装結婚を承知したことも、いまはなんの意味も見出せない。どうすべきなのか、どうしたいのか、何もかもがわからない。弟も、母も、父も、国も、そしてクリュサルも、あらゆる記憶を二度と戻らないように捨て去って、誰も知らないところで何も考えない石にでもなってしまいたかった。

「エデト」

静かだが自信に満ちた声に呼ばれて、エデトはおもわず顔をあげた。

クリュサルが微笑んだ。いつか馬上に見た、明るく力強い笑みだった。

「飲むんだ」

涼やかなまなざしと優しい命令にあやつられるかのように、エデトの手が水を受け取った。冷たい水が喉（のど）を落ち、胸のつかえがそこにじわりと溶けた気がした。エデトはかすかにあえいだ。涼やかな風がふわっと体を吹き抜けた。

柔らかにエデトの肘を支え、クリュサルがふりかえる。

「お言葉に甘えて、協力は求めさせてもらうよ、姉思いの義弟くん。だがその前に、エデトと婚約式をすませてくる。カドシュ、アシャ、彼を頼んだ」

長身ふたりに囲まれて、さらにはうれしげなカドシュに軽々と抱きあげられて足をばたつかせるリウが、エデトの視界に入った。だが歩き出したクリュサルに肘を押されて、彼についていくのが精いっぱいで、それ以上は見えなくなった。やっとのことで声を出す。

「陛下、でも」

「しっ」

廊下には大臣たちが待っていて、彼らも後ろからついてくる。彼らの手前、エデトは口をつぐんだ。どのみち、まだ苦しい胸と混乱した頭では、ろくに言葉が出てきてくれない。

クリュサルの手が肘からすべりおりてきて、手を握りしめられる。

「っ――」

優しさと強引さが一緒になったその感触に、またエデトの息が詰まった。帝国の作法に慣れてはきたが、他人に手を預けることへの抵抗感が消えたわけではない。それに、さすがにここまで近く触れる作法は本になかった。いつもなら直前にかけてくれるひと言もなかった。

「いまはこのほうが、エデトも歩きやすいだろう？」

前を向いたまま、クリュサルが言った。

貴婦人の正装の手袋のレースの薄い生地は、素肌とたいして変わらない。力づけるように握りしめてくる彼のぬくもりが、からめられた指と手のひらにほとんど直に感じられて、胸のなかが落ちつかない。そのくせその手がなければすぐにでも足がすくんでしまいそうな自分の弱さが情けなくて、エデトは泣きたくなった。

同じ階の扉を開けはなした部屋が、祈祷室だった。全面にこまかな模様を施した壁が、窓からさしこむ外の光に浮かびあがっていた。正面にかけられた帝国旗の下には、婚約文書を捧げ持った宮廷服の書記官たちが待っている。

クリュサルは足を止め、エデトの手を取りなおして向きあった。宣誓手順を説明しかけた書記官を無視して、彼は言った。

「エデト、きみが決めるんだ。続けるかどうか」

クリュサルにうながされて、エデトは息を入れた。

（……わたし個人の問題で、陛下に迷惑はかけられない）

彼とは偽装結婚を約束した。弟のための恩返しという動機が消えてしまっても、一度した約束は残っている。いままでやってきたことを続けるだけでいい。弟のためでも国のためでもなく、ただクリュサルのためにやる。いや、やらなくてはならない。

（せめてこの偽装結婚だけは、カドシュみたいに迷わずに――）

エデトはクリュサルを見つめた。

なのに、たったそれだけの短い言葉すら出てこない。喉がつかえ、足がすくむ。自分が自分でなくなったいまは、立っているのもふしぎなほど何もできなくなってしまっている。

クリュサルのまなざしがふと翳った。

「きみはいつでも誰かのために頑張っていた。頑張りすぎなくらい素直で純粋なきみだから、きみの世界が一変してしまったらひどく傷ついてしまうかもしれないと心配していた」

エデトは目をみはった。クリュサルの言葉は、見せかけの婚約式の宣誓ではなかった。彼の目の翳りが自分を思ってのものであることにも、初めて気づく。

「それでも、いままでエデトが頑張ってきたことを、エデト自身が否定したらだめだ。きみがやってきたことはずっとなくならない。現にここに、きみを必要としている人間がいる」

一瞬いつもの癖で胸のお守りへと伸ばしかけた手が、力なく落ちる。

(でも陛下がそう思うのも――わたしがユール一族の血を引いているから)

そんなこと知らない、と泣きわめきたくなる。ユール一族が本当に逆賊だったにしても、クリュサルとカドシュが信じるとおり無実の罪を着せられただけにしても、自分には関係ない。

(だってわたしは、何も知らない、何も教えてもらってなかったのに――)

落ちた手が、クリュサルに取られた。すでに彼の手にあった片手に重ねられ、その上にさらに彼が自分の手を重ねてきた。深緑の両眼がまっすぐエデトを見つめてくる。

「エデトがどこの誰のもとに生まれていようと、何を知っていようと知らなかろうと、そんなことはどうでもいい。いまこうしてここにいるきみに、これからも一緒にいてほしい」

立ち会いの書記官たちの手前、クリュサルは慎重に言葉を選んでいる。そうして彼が何を伝えようとしているのか、エデトの頭は何ひとつ理解できていないのに、ひとりでに胸の奥がざわついた。ふるっと背が震えた。

「ふたりで一緒に、続ける?」

涼やかながら力のこもったまなざしが待っている。

(続ける——? 陛下と——?)

何をだろう。頭はもどかしいほどぼんやりとして、答えが出せない。

それにもかかわらず、胸の奥にぽつりと小さな熱がともった。いつの間にか冷えきっていた体にじわりとその熱は広がって、エデトはまばたいた。

ためらいしかなかった。それでも胸の奥の熱にうながされて、エデトはうなずいていた。

「続けます」

すると、目の前にクリュサルの笑顔が広がった。よかった、と小さな声がつぶやいた。

「——以上、われわれの宣誓だ」

クリュサルに言われて、立ち会いの書記官たちが目を白黒させる。

「おそれながらいまの文言では、正式な宣誓には……」

「簡略化すると言っただろう。双方のともに人生を歩む意志が示されたのだから、これで十分だ。急いで正式な書類にしてくれ」

なかば追いはらわれるように、とまどう書記官たちが出ていった。

祈祷室でふたりきりになる。クリュサルが言った。

「ここは〈匣(はこ)の間〉というんだ。壁の模様をよく見て」

それよりも聞きたいこと、話したいことがある。だが同時に、とてもそんな会話に耐えられそうもない自分もいる。だからエデトはただうなずいて従った。

壁のこまかな模様のひとつひとつに、なんとなく見おぼえがある。

「これは、旧棟の扉の——？」

「そう、扉の紋様を簡略化したものなんだ。わかったら戻ろう。そして、これからリウとおれがやることを、エデトも見ているといい。きみの知らない一面を持っていたにしても、彼はきみの弟だ」

今度は作法どおりに差し出されたクリュサルの腕に、エデトはそっと手を置いた。そうしながら、くすりと笑った。じんわりと心が温かくうれしいのに、なぜか涙が目尻ににじむ。

（ああ、だからこういう作法ができたのかも）

自分ひとりだけで歩いているつもりでいても、本当は誰か他の者に支えられている——人に手を預けさせる帝国の作法はそんなことを伝えているように、いまは感じられた。

外でざわつきながらも待っていた大臣たちが、あわてて拍手を始めた。婚約の成立を祝福する彼らを適当にあしらいながら、クリュサルは〈冠の間〉へとエデトを導いていく。

そこにはリウがいる。ずっと大切に思ってきた弟とは別人の、それでも弟には違いない者のことを思うと動悸がする。エデトは静かに深呼吸をした。自分の手を支えてくれているクリュサルの腕が心強かった。

「……ありがとうございます。陛下はとても優しいのですね」

笑みを返してくれたクリュサルだったが、急に悩むように眉をひそめた。

「だから、エデトといると困るんだ」

これが彼らしいからかいだということはわかっていても、エデトは面食らった。

「……あの、困るというのは？」

「その美しい誤解はそのままにしておくべきかな、それとも砕いておくべきかな。実際はそうでもないんだ。もともと自分の性格がいいとも思ってないが、特にエデトといると悪くなるから、困る」

「誤解ではないと思いますけれど……」

「そうかな。さっきはもう弟くんのところには帰してやらなくていいと思ったし、宣誓のときだって、エデトがいやだ、続けないなんて言いそうになったら、言わせないつもりだった。エデトを黙らせることなんて簡単だからね。やり方はよくわかっている」

と、いたずらっぽく言う。

「いまここでやってみせようか？」

「けっ、結構です！」

不穏な予感がしてあわててことわると、クリュサルは小さな声をあげて笑った。それから顔を近づけた。逃げる間もなく、エデトの耳にささやきが忍びこむ。

「そういうところも、本当にどうしようもなくかわいい」

彼の思惑どおり、あっさり絶句してしまう。

（どうしてこんな恥ずかしいことが言えるの……！）

かあっと熱くなった耳と頬の状態が彼の目にさらされているのかと思うと、それがいっそう恥ずかしく、と同時にくやしい。エデトは顔をそむけつつも、必死になって言い返した。

「……た、たしかに誤解でした、意地悪です……！」

「おれを知ってくれてうれしいよ」

見なくても笑顔が見えるその声に、エデトは今度こそ何も言い返せなかった。


エデトとリウが招き入れられたのは、〈冠の間〉の奥の皇帝居室だった。鏡板が規則正しく並んだ壁に、いくつもの本棚がある。本来ならば立派な書物が隙間なく埋めているのがふさわしいだろうに、不自然なことに、すぐに数えられるほどしかない。

無関心を装うことも忘れて本棚を見上げるリウの横顔を、エデトはそっと見守った。変わらないはずの顔が、やはりどこか違って見えた。

「たいした本がなくて申し訳ないな。昔を知る者の話では、本棚が足りなくなるくらいの記録があったそうなんだが。これもこの部屋の前の主人、ヴァルゼーの仕業(しわざ)なんだ」

クリュサルが言った。リウがちらりと彼を見た。

「他人行儀な。たしか父親ではなかったにしても、あなたの親族でしょ」

「血縁上のつながりがどうだろうと、自分を殺そうとした奴に親しみをおぼえるような広い心を、おれは持ちあわせていないよ」

皇帝が皇太子を殺そうとした、という信じがたい事態を改めて告げられて、リウが面食らった視線を向けてきた。そういう弟の顔なら知っていて、エデトがわかることならなんでも答えてきた。だが、いまは答えられない。

(わたしが聞きたいくらいなのに)

そんなエデトの内心を見透(みす)かしたかのように、クリュサルがふたたび口をひらく。

「エデトもおれを疑っていたんだろう？　子供に真実を理解できたわけがない、まさか皇帝が皇太子を殺そうとするなんて、とね。でも実際、そうだったんだ。その理由もいま教えるよ」

書類が積み重なった机の横の棚から、クリュサルは平箱を取り出した。古びた金属の表面には、〈匣の間〉の壁と同じ細かな模様がちりばめられている。

入っていたのは、どっしりとしてなめらかな布地だった。深い藍（あい）色の表面には直線曲線を駆使した複雑な幾何学（きかがく）模様が緋糸（ひいと）で織りこまれ、広げられると複雑さを増して、小卓の天板を覆う全面を埋めた模様となる。

リウが息を呑み、食い入るように模様に見入った。

「エデト、いまからリウとおれとで呪譜を作る」

あの言葉がまた出てきた。エデトはクリュサルを見つめた。

「聖レオス帝国皇帝の最高機密になる。ユール一族が伝え、皇太子のみに教えられる、未来を予測する秘術だ」

「未来を予測……？」

「そう。これから帝国に何が起きるか、未来をあらかじめ知るためのものだ。それが不幸な運命ならば避けられるように、それが無理でもできるだけ軽い被害ですむように、政務に活（い）かしていく。だがこの秘術が一般に知られて軽々しく使われてしまうことがないよう、他の者には皇帝の決断だけを伝えることになっている。それが、いわゆる神告だ」

聖レオス帝国皇帝のみに授けられた神秘の力、神告。その源になる呪譜というものを弟も作れるということに、エデトはとまどった。なんとか自分に理解できる言葉を探す。

「ええと、つまり——呪譜とは、占いなのですか？」

リウがいらだった顔を向けてきた。

「違うよ、姉さま。占いみたいな、偶然を結果にそれっぽくこじつけるお遊びじゃない。現在の情報から、過去の皇帝やユール一族が残した研究を定理として、さらに自分の思考をつきつめて、事象がこの先どうなりうるかを検証する理論なんだ。こじつけが入る余地はない」

頼もしいな、とクリュサルが笑った。

「ロアは――母君は、何もなくいきなりきみに呪譜の技術を教えたわけじゃないだろう？　何歳のとき、何種だった？」

説明を削ぎ落とした短い質問だったが、リウには十分だったらしい。負けずに短く答える。

「三歳、二十一種」

「それは教えるわけだ」

「どうも。光栄です、とでも言っておけばいいですか」

エデトひとりが、彼らの会話の意味がわからない。ただ、リウの態度は会話に関係なく無礼としか思えない。

（やっぱり生意気なんだから――）

よく知っているままの弟だった。だからエデトはいつものようにたしなめた。

「リウ、生意気は言わないで」

「はいはい、気をつけます」

姉弟のやりとりに、クリュサルがくすりと笑う。

「エデト、きみの弟には優れた才能があるんだよ。呪譜に使う石に出会う年齢は平均五、六歳で、見つける数は十八種前後だからね。リウ、そのことは、きみも聞いたんだろう？」

「ええ、母から聞かされました。僕は平均より早く、平均より多かった。だから、呪譜を教えないほうがかえって僕のためにならないから、と」

リウは服の隠しから絹袋を取り出した。エデトの胸が苦しくなった。

（これも初めて見る……リウがこんな物を持っていたなんて）

リウの細い指が慣れた様子で紐を解き、袋を開けた。手の上に広げられた袋には、丸みのある角を持った、黄色く美しい半透明の小石が入っている。

「どうします？　僕の黄石でやりますか？」

「おれのほうで」

クリュサルがいつも携えている革袋を取った。先ほどの布地の上で無造作に逆さにすると、リウの物によく似た、だがそれよりもさらに透明度と輝きが強い黄色の小石が広がった。

リウが大きく目をみはった。さすがに生意気ぶりが消えていた。

「……これが、皇帝黄石ですか」

クリュサルはひとつをつまみあげた。半透明の正四面体のなかに、黄金色の模様が浮かんでいる。その形を見て、エデトははっとした。

「〈匣の間〉の壁の――」

あの部屋の壁にちりばめられていた模様のうちのひとつ、この〈冠の間〉の扉の紋様を簡略化したものが、黄石のなかに封じこめられている。

「そう。聖レオスは二十五種の黄石を見つけたと言われている。そしてこれが〈冠の石〉」

クリュサルの表情は、憎しみのようにも、あきらめのようにも、ねぎらいのようにも見えた。複雑な感情が入りまじって静まりかえった両眼が、ひたと石を見つめている。

「〈聖舎〉は皇太子の呪譜の教育の場だが、まず選定の場なんだ。帝室に生まれた子は幼いうちに〈聖舎〉に詣でて、そのうちのひとりがこの〈冠の石〉に出会う。拾ったり、いつの間にか服のうちにまぎれていたり。それが、いわば聖レオスに選ばれた次の皇帝の証になる」

「陛下も、見つけられたのですね」

「ヴァルゼーには子がなくて、若くして皇妃に先立たれたあとも後添えをもらおうとしなかった。だから帝枝家の子が集められて〈聖舎〉に送られた。おれは五歳で、沢でカドシュたちと遊んでいるときにこの石を見つけたんだ。そのときは石の意味なんて知らなかった。きれいだからもっとないかと探して——ただそれだけだった」

エデトは、リウを見た。リウはちらっとエデトに目をやり、口をひらいた。

「やっと熱が下がって、庭に出してもらえたときだったよ。僕も、きれいな石だから一生懸命探したんだ。……姉さまにあげたくて」

リウは一瞬、口もとをゆがめた。

「でも、その前に母さまに見せたら、姉さまにあげることを止められて。それどころか、絶対に内緒にしろとまで言われて、納得いかなくて。そのせいかまた熱が出て、ずっと姉さまにも会えなかったんだ。そのあいだに母さまが、これがユール一族と、それから皇帝も持つ石なんだって教えてくれた」

「もしかして、あのとき？」

リウが長々と寝こんでいた二か月間のことを、エデトはよくおぼえている。見舞いすら許されず、周囲の者たちも落ちつかなくて、不安で押しつぶされそうな二か月だった。

（わたしが母さまに無理やりお守りをねだったのも、あのときだった――）

エデトはお守りを握りしめた。

「普通はそんなふうに、自然と黄石に惹(ひ)かれるんだ。だが、ヴァルゼーは憎んでいた」

リウが顔をしかめた。

「陛下、さっきからいったいどういうことなんです？　ヴァルゼーって皇帝は、皇帝のくせに皇太子を殺そうとして、ユール一族も敵視していて、しかも皇帝なら必ず持っている黄石まで憎んでいたって、おかしすぎですよ」

クリュサルは乾いた笑みを浮かべた。

「完全に同意するよ。そういうおかしな奴が皇帝だったんだ」

そう言いながら、布地の複雑な模様の上に小石を置いていく。

そのなかに浮かぶそれぞれの模様を、エデトは記憶とつきあわせてみた。旧棟の二十五室の部屋、その扉の紋様を簡略化した〈匣の間〉と布地の箱の模様。

クリュサルの様子を眺めながら、リウが尋ねる。

「……結構多いみたいですけど、ちなみに陛下は何個持っているんです？」

探るような口ぶりのリウに対し、クリュサルは無感情に答えた。

「二十四種」

リウがはっと息を呑む。

「うそだ！　だって、ユール一族の大長老でも〈冠の石〉以外の二十四種までしか持ったことがないって、母さまが言っていたのに！」

「自分で数えればいい」

リウは半信半疑の様子で、慎重にクリュサルの黄石に触れていった。そしてたしかに二十四個の異なる模様を含んだ石があることを知ると、驚愕のまなざしでクリュサルを見つめた。そこにはたしかに、畏怖といってもいい感情が交じっていた。

しかしクリュサルは憂鬱そうに髪をかきあげた。

「数はわかりやすい指標だ。だからこそ、それに囚われちゃいけない。ヴァルゼーは、自分の黄石の十三種という数に囚われて、本質を忘れたんだ」

リウは目を丸くした。だがすぐにその目はエデトを見つけ、元に戻った。

「姉さまにはわからないか。これがユール一族なら、黄石を見つけても数個だけってことも結構あったらしいよ。たった一個しか見つからなくて呪譜を作る役には立たなくて、飾りくらいにしかならないことだって。でも少なくとも皇帝で、たった十三種の黄石しか持たなかったって記録はないんだよ。平均十八種なんだから」

「だが、それはただの数だ。黄石を補助として考え抜くことが呪譜の本質なのに、ヴァルゼーは自分の黄石の数ばかりを気にした。――そこにおれが、二十四種を授かった」

クリュサルの淡々とした言葉に、エデトはぞっとした。

（リウでも、自分の石が陛下より少ないことが気になったみたいなのに）

まだ幼い皇太子候補が自分の二倍近く、歴代最多の二十四種もの黄石を見つけたと知ったとき、皇帝の胸中はどんなものだっただろうか。

「もしかして、それで前の皇帝陛下は、陛下を……？」

エデトは前皇帝の肖像画を思い出す。あの我の強い目には、クリュサルは後継者というより自分を否定する敵対者として映ったのかもしれない。彼の敵意の輪郭が見えた気がした。

「そうみたいだな。おれはその後〈聖舎〉で暮らすようになって、本格的に呪譜を学んで、手習いのつもりでユール一族の子と自分たちの未来の呪譜を作った。信じられなかったよ。皇帝が、おれと〈聖舎〉を滅ぼそうとしているなんてね。まだ勉強が足りなくて、おれの呪譜が間違っているんだと思っていた――あの日までは」

そう言いながらクリュサルは、リウに一枚の書類を渡した。

「じゃあリウ、始めようか。この人物についての共呪譜（きょうじゅふ）を作る。彼から〈対（つい）の石〉の影響が消えるかどうかを確かめたいんだ」

リウは珍しく気後（きおく）れしている。

「まあいいですけど、僕は共呪譜を作るのは初めてなんですけど？」

「さっきまでの自信を思い出してもらいたいな。それともきみも、数字に囚われる者？」

リウはむすっと書類を読んだ。それから布地をはさんでクリュサルの反対側に立った。

ふたりが布地の上に散らばった黄石に視線を落とした途端、ぴんと空気がはりつめる。エデトは息を呑んだ。またしても初めて見る弟の姿だった。そして、これほど厳しいクリュサルの横顔もまた初めて見るものだった。

ふたりの指がめまぐるしく動きはじめる。黄石を模様の上にすべらせ、転がせて天を向いた角を換え、短い言葉を交わす。

「〈氷〉と〈扉〉、ここまでだ」

「〈鎖〉逆、失敗します」

「この〈剣〉は？」

「ここで〈盾〉逆に」

ときおりふたりの指が止まり、やりとりのあとにまた動きはじめる。また別のときには黄石を前の位置に戻し、先ほどとは別の位置へすべらせたりする。

見ているようにと言われたが、エデトには、彼らのこの作業の意味も意図もまるでわからない。それでも、黄石の動きに一定の法則があることはわかった。そしてこのふたりがそれらを熟知し、さらにそれ以外の法則を探り出そうとしていることも伝わってきた。エデトは固唾(かたず)を呑んで見守った。

やがて、クリュサルが鋭く息をついた。額を軽くぬぐってつぶやく。

「だめか」

リウもむすっとしている。

「みたいですね。この〈対の石〉は強すぎて、どう展開してもひっかかってくる。この人に何をさせたいのか知りませんけど、やめたほうがいいですよ。〈対の石〉がつきまとって失敗する未来しかないんだから」

クリュサルは、ほとんど舌打ちしそうな苦々しい口調になった。

「皇太子としては、一番の適任者なんだが」

リウが目を丸くする。

「え——皇太子、ってこの人、陛下より十五歳も年上じゃないですか！」

「ああ、今年三十五歳だ。いますぐ即位するにはいい年齢だ」

リウはますます目をむいた。

「はあ!?　たしかに、姉とはただの偽装結婚とは聞いてましたけど！　なんだって皇太子なんか選んでるんです!?　偽装結婚したあげくに皇帝までやめるつもりなんですか!?」

「逆だよ。退位のための時間稼ぎとして、エデトに頼んだんだ」

リウが、信じられないといった顔でエデトを見た。エデトはうなずくよりほかになかった。

リウはますます信じられなさそうにクリュサルに顔を向けた。

「あなたは皇帝でしょう！　無責任すぎる。前の皇帝と一緒にするなと言ったけれど、あなたもやっぱりユール一族の敵だ。母が生きていたら、あなたをきっと軽蔑します！」

「リウ、なんてことを！」

弟の暴言に驚いて、エデトは彼に駆けよって両肩をつかんだ。

「いいんだ、エデト。実際そうなんだろうから」

リウも黙る気などないらしい。背伸びしてエデトの肩越しにクリュサルをにらみつける。

「だいたい皇帝黄石はどうするんです？　〈聖舎〉はもうないんでしょ？　無理やり皇太子にしたって、その人は黄石を持たないで皇帝になるんですよ？」

「おれの黄石を譲る」

「また無責任な！　そんなだからいまの呪譜は全部失敗に終わったんだ」

「もう何も言わないで、リウ！」

だが、弟は全然言うことを聞いてくれない。いつもの生意気とも違う。

「黄石を譲った皇帝も譲られた皇帝も、史上ひとりもいませんよ！　あなたは皇帝の責任を投げ出そうとしているだけだ！」

(やっぱりわたしが知っているリウじゃない――)

氷がすべり落ちたような冷たい感覚に襲われたそのとき、それ以上にぞっとさせる声がした。

「――だから？」

エデトははっとふりむいた。

リウを見つめるクリュサルの視線の温度が急低下している。低い声が吐き捨てる。

「おれのことならなんとでも言えばいい。だがこれだけは譲らない。自身の代で帝国を滅ぼす呪譜しか作れない皇帝なら、そんな皇帝はいないほうがいいに決まっている」

それが彼自身へ向けた言葉であることを、確認する必要はなかった。クリュサルの退位の意志を知らされたとき、彼が見せた絶望を、エデトは思い出した。

――滅亡以外の未来はないか、間違いであってくれと願っても、そんな気配もない――それでも何度も、何度でも――でもずっと変わらない。

(陛下はずっと、帝国を滅亡の運命から救おうとする呪譜を作ろうとしていた……ユール一族と〈聖舎〉を失ってから、ひとりで、ずっと)

その果てに彼が得た結論が、自分が退位することだった。

「滅亡以外の可能性が残る分だけ、そもそも呪譜自体を作れない皇帝のほうがまだましだ。それでもリウ、きみがおれの呪譜を完膚なきまでに否定してくれるのなら、喜んで皇帝を続けさせてもらう。どう、できる？」

エデトの手の下で、リウの肩がびくんと揺れた。ぐっと歯を食いしばる気配があった。

「――いいですよ、やってみましょうか」

リウに振りほどかれて、エデトはふたたび黄石に向きあうふたりを見つめた。

先ほどとは違い、言葉のやりとりもない。必死に黄石を動かすリウに、クリュサルが先ほどは抑えていたのだとわかる速さで即座に反応して、すぐにリウの手が止まる。それをくりかえすうちに、懸命さのあまり深い皺が寄っていたリウの眉間には、次第に別の表情が浮かんでいった。やがて、リウが顔をあげた。

「……すみません、わかってました。あなたは、そんな無能じゃない。あなたが、いまの僕ごときに否定できる呪譜を作るわけがないんだ。こんな細部にわたって、穴がなくて」

金の両眼に大粒の涙があふれ、頬にこぼれた。あわてて泣き顔をそむけながら、それでもリウは食いしばった歯のすきまから言った。

「でも僕だって、このままじゃ……」

クリュサルは慰めるように微笑んだが、それでもその声はまだ暗く翳っていた。

「悪いんだが、きみの成長を待つ時間はないんだ、リウ。帝国の最短の滅亡は五年後だ」

「――そんな……っ……」

無力さに打ちのめされて泣いている弟は、やはり別人のようだった。それでもその泣き顔には、エデトがよく知っている弟の面影があった。エデトはぎゅっと彼を抱きしめた。

「……姉さま、できない……くやしいよ……」

リウは、素直に抱きしめ返してきた。いつもの生意気もいまはなく、もっとずっと小さかったときと同じように、エデトの背中に回した手が握りこぶしを作った。

(なんだ。やっぱりリウじゃない――陛下が言ったとおり)

しゃくりあげるかわいい弟の頭を、エデトは昔のようになでてやった。

リウが落ちついたころを見はからったように、クリュサルが言った。

「でもありがとう、リウ。呪譜を作れる者がまだいたと知れて、うれしかった」

その声は、すでにいつもの響きを取り戻している。エデトは少し悲しく微笑んだ。

(陛下はとても強い人だから、わたしの慰めなんて要らないけれど)

彼が必要としていることで自分にできることなど、ほとんどないのかもしれない。それでもどうにかしてクリュサルが囚われている深い絶望を消し去りたいと、心から願う。

(この人はわたしを助けてくれたもの。だからわたしも、この人を助けたい)

エデトはふりむいた。

「五年も、あるのですよね」

クリュサルが薄く笑った。

「五年しか、だよ、エデト」

「いえ、五年も、です。だって五年は、帝国は何ごともなく繁栄するのでしょう？」

「そうだな。だが五年、正確には四年目の終わりに同時にいろいろな問題が持ちあがって、辺境伯が蜂起して、内乱になる」

「その予測は、絶対にはずれないのですよね」

「残念なことに、おれの呪譜はこれまで間違ったことがないんだよ。ヴァルゼーの〈聖舎〉襲撃も、唯一おれたちを救えるグラブリド隊長の存在も、そのあとの宮廷でのヴァルゼーの罠も、全部呪譜で知ってそのとおりになってきた。四年目に持ちあがる問題に事前に対処することで、延命はできる。それでもそのことに影響されて、また別の問題が起きる。おれが皇帝でありつづけた場合の呪譜は、何度も作った。だが、遅かれ早かれ滅亡という結末は同じなんだ」

クリュサルは優しいまなざしをリウに向けた。

「リウ、きみには〈森の国〉と、できれば呪譜の知識も守ってほしい。おれの後継者がどんな人間かはまだわからないが、いつかきみの力を必要とするかもしれないから」

リウはエデトから顔を離し、ぐいと目もとをぬぐった。

「――あなたに言われなくても、それが僕の責務です。やるに決まっているじゃないですか」

生意気が戻ってきたリウに、クリュサルが微笑んだ。

「頼もしいな。ありがとう。だったら、これも納得してもらえるな」

「なんです？」

「エデトは帰さない」

「は⁉」

リウが抗議の声をあげながら、ふたたびぎゅっとエデトにしがみつく。

クリュサルがやってきて、リウをのぞきこみながらその頭をぽんぽん叩いた。

「だって必要がないだろう？　きみがエデトを迎えに来たのは、おれが頼りなく思えたから。だがこれで認めてもらえたものと信じるよ、甘えん坊の義弟くん」

エデトにしがみついたのは、どうやら無意識だったらしい。リウはあわてて離れた。

「ばっ、ばかにしないでください！　それに僕はあなたの義弟なんかじゃありません‼」

真っ赤になったリウにクリュサルはくすりとしたが、そこで真顔になった。

「安心してくれ。皇妃や婚約者の受難が、おれの呪譜に出てきたことはない」

エデトはクリュサルを見つめた。クリュサルは機敏にそれに気づき、エデトも安心させようとするようにうなずいた。エデトも、しっかりとうなずき返す。

（――やっぱり）

最短でも四年間は何ごともなく帝国は繁栄すると、先ほどクリュサルは言った。ということは、その予測には、皇妃という皇帝に最も近しい関係者の無事も含まれていると思っていた。

「リウ、わがまま言わないの。いきなり帰国なんてしたら、クリュサル陛下を困らせてしまうでしょう？」

「……クリュサル陛下、だって。その名前、ほんとむかつく」

リウは小さくつぶやいた。それから、今度はクリュサルに聞こえる程度の大きさで言った。

「陛下なんてどうせ呪譜ばっかり作って、姉さまを気にかけてはくれないのに」

エデトは口ごもった。まったくそんなことはない、と弟に事実を伝えるだけのはずなのに、なぜかやたらと恥ずかしくて、とても言えない。

と、クリュサルが口をはさんでくる。

「さっきの言葉をそっくり返すよ、義弟くん。エデトを守るのはおれの責務だ」

「だから僕はあなたの義弟なんかじゃありません!!」

部屋の外から、カドシュが午餐（ごさん）の時間だと告げてきた。

従僕に身をやつして訪ねてきたリウが、同席することはできない。別れのときだった。

「リウ、元気でね」

エデトが最後にもう一度抱きしめると、リウは不満げな息をついた。

「約束するよ。エデトのことは心配しないでくれ、義弟くん」

クリュサルにはじろりとすばやい視線をくれただけで、いっそう不満げな顔になる。だがクリュサルはまるでかまわず、それどころかいきなりリウを抱きしめた。

「うぎゃっ!?」

妙な声をあげたリウにいたずらっぽく笑いながら、すぐ離れる。

「これが〈森の国〉の、親しい者への作法なんだろう？」

「あなたとは親しくないでしょ、気持ち悪い!!　言っておきますけど、僕はあなたの力は認めてもあなたを義——ああもう！　だから絶対認めないですからね!!」

ぷりぷり怒りながら帰っていくリウを見送って、クリュサルは、まだ笑っている。

「嫌われているな。まあ、これから好きになってもらえばすむ話か」

「弟が、すみません」

謝りながらも、日ごろは生意気にすましているリウがクリュサルにあっさり仮面をはがされたことを、エデトも楽しく眺めていた。

（やっぱりクリュサル陛下は、こういう人）

屈託のない、周囲を明るく温かくする笑顔。彼にはずっとそんなふうに笑っていてほしい。

だが、ふとクリュサルの気配が変わった。エデトもはっとする。

「——とはいえたしかに、油断は禁物だ。このあと小さな問題が起きる前に、数日バティラの街に行かざるを得ないし、それに」

クリュサルは真顔になった。

「脅迫状の筆跡は、離宮にいるヴァルゼーのものによく似ていた」

宮廷内に与えられている大臣の執務室で、メイルズはひとりペンを走らせていた。

父も使っていた重厚な机の上には各種政事の書類がそろっているが、視線を向けられることなく放置されている。

書きつける紙面の中央には、クリュサルとエデトの名が並ぶ。その周辺にさらさらと、日付、場所、人名を書き添え、それらのいくつかを丸で囲み、そこで手を止めて考える。そして線で消し、つなぎ、また書き加えていく。

しばらくそうした作業に没頭したあと、メイルズは立ちあがった。まだ火の入っていない暖炉に紙を放りこんで、ランプの油と火を移した。紙はすぐに燃えあがった。その小さな炎から目をそらせながら煙水晶の眼鏡をかけ、次の間に控える秘書官を呼びつける紐を引く。

「ご用でしょうか」

すぐに現れた秘書官にメイルズは尋ねた。

「あの急遽〈森の国〉から来た使者に、クリュサル陛下が何か命じたかどうかわかったか？」

「いえ、特に何もありませんでした。そもそも婚約式の贈り物を持ってきたというだけの使者でしたので、すでに帰国の途についております」

どうしてこんなくだらないことに興味を持つのか、とうんざりした感情を隠し切れていない秘書官に、メイルズは口もとだけの笑みで応えた。

「そうか。下がっていい」

「あの、閣下、近ごろ書類が滞っておりまして」

少しは仕事をしてくれ、とぼんくらの変人大臣に祈る感情も、やはり隠し切れていない。

「そうだったか？　わかった、やっておく」

秘書官を下がらせたあと、メイルズはしばらく書類仕事に没頭した。秘書官が見れば目を疑う速さで片づけていくが、一部は遅れて出すように未決書類の下に隠しておく。

次にメイルズが手にした書類は、〈森の国〉方面への街道の通行税関係のものだった。メイルズはざっと数値に目を走らせ、税の動きが以前とほぼ変わっていないことを確認した。

「――ふむ。〈森の国〉と新たな協力関係を結びたい、ということでもなさそうか。まさか、本当に本心からあの田舎王女に惚（ほ）れたのか？」

嘲笑を浮かべて、メイルズは窓の外を見やった。

「まあいいでしょう。クリュサル陛下、あなたがどんな未来を見ているにしても、あなたの治世も人生も何もかも、私の思いどおりにさせていただきますので」

第四章　皇帝陛下の決意表明

バティラの街へ出立する時刻というのに、クリュサルは渋っている。

「行かなくてもなんとかなるとは思うんだが――でも、現地で確認したいこともあるし――」

エデトと見送りに出たアシャが、うざったそうにため息をついた。

「いいから、さっさと行ったらどうですか？　みんな待ってますよ。エデトさまがどうしてもっておっしゃるからこうやってわざわざ見送りに来てあげてるのに、クリュサルさまがぐずぐずしてたら、エデトさまのせいみたいじゃないですか。早く行ってくださいよ」

まくしたてる彼女の言葉がどこまで耳に届いているのか、クリュサルはいっそう考えこむように眉をひそめた。

「アシャ、くれぐれもエデトを頼む。……いや、カドシュも宮廷に残しておくほうが安心か」

(どうして!?)

婚約者にも皇妃にも何も起こらないとリウに断言しておきながら、どういうわけか今朝のクリュサルはやたらと不安に駆られているらしい。エデトは急いで言った。

「護衛を宮廷に残すなんて、絶対にだめです！　カドシュを困らせないであげてください」

「じゃあ、せめてラケイドを。腕は期待できないにしても、信頼できる」

「今度はバティラでいろいろ話を聞けると、楽しみにしていますよね？　かわいそうです」

「そうだ、だったら逆に、エデトもつれていくのはどうかな？　もう婚約者なんだし、何を言う者がいてもおれが黙らせればすむことだ」

アシャが、今度はいよいよ我慢できないといった顔でため息をついた。

「あのねえ、いくらわたしでもいまからそんな準備なんかできません！　女性の仕度に、どれだけ時間が必要だと思ってるんですか。そうやって無神経なことばかりしてると、さすがにエデトさまに嫌われますよ？」

思いがけず動揺の色を浮かべて自分を見たクリュサルに、逆にエデトのほうがあわてる。

（アシャったら、やめて！）

そうでなくてもこれからやろうとしていることへの抵抗が消えないのに、さらにやりづらくなってきた。エデトはきゅっと片手を握りしめた。

「今日のクリュサル陛下は、変です。まさか小さい子みたいに、怖い夢を見たなんて言い出しませんよね？」

彼を見習ってからかうように尋ねてみると、クリュサルはばつの悪そうな顔になった。

「……たしかに、悪い夢だった。それでエデトとしばらく会えないのかと思うと、心配で」

そのとき、皇帝出立を急かすように鐘が鳴った。一瞬、誰もがその音に気を取られた。

(――あああよかった!!)

ひとりエデトだけが、瞬間的に顔に血がのぼった自分が目立たなかったことに安堵する。占いなどひとかけらも興味がなさそうなクリュサルが、まさか本当に夢見が悪かったと認めるとは思わなかった。

(クリュサル陛下まで恥ずかしいことを言わないでください……!)

しかし、このまま終わらせるわけにはいかない。秋空に広がる鐘の音の残響に羞恥心をまぎらせて、エデトは意を決してクリュサルに歩み寄る。

「心配なら、わたしのほうが――」

なんと言うか考えておいたはずなのに、これ以上どうにも続けられなくなる。エデトは真っ赤になりながら、両手でクリュサルの手を取った。そして自分のお守りを握らせた。

「――なので、お守り、です。わたしは、自分では作れませんから。母も、許してくれると思います――」

言っていることもやっていることも、さらにはこれからやろうとしていることも恥ずかしすぎて、クリュサルの顔が見られない。エデトはうつむいたまま、付け加えた。

「あのお守りと一緒に、持っていてください」

かつて彼にお守りを贈ったユール一族の少女を思いながら、エデトは頼んだ。そして、彼の肩口に顔を寄せて抱きしめた。

一瞬固まったクリュサルが、そっと抱きしめ返してくる。いつでも洗練された挙措の彼にしてはぎこちないその手に、エデトはかすかに身震いした。

（はっ恥ずかしい……！）

リウなら簡単に抱きしめることができるのに、いまは相手も、感覚も、何よりエデト自身の状態がまったく違う。心臓が痛すぎて、このまま気が遠くなりそうになる。それでも、背に感じる彼の手にうながされて唇が自然と動いて、エデトの素直な心を彼に伝えてくれた。

「どうぞお元気で、クリュサル陛下。ずっとお祈りしています」

エデトは大仕事をやり終えたかのように息をつき、なかば逃れるようにクリュサルから離れた。が、途中で抱き戻された。エデトは反射的に彼を見上げた。

「――」

クリュサルはすぐに放してくれたが、その直前に優しく頬に触れていったものがなんだったのか。エデトはあえて考えないようにして、ふらふらする脚に必死に力を込めて、立ち去る彼を見送った。

（だ、代償は、小さくなかったけど）

全身が心臓になってしまったかのように、せわしい鼓動が支配している。このまま自分ははじけ飛んでしまうのではないかという気すらする。だが目的は達成した。

（どうしても、クリュサル陛下に持っていてほしかったから――）

お守りを彼に渡すためには、これくらいのことをして本気を見せるしかなかった。そうでなかったらクリュサルは、エデトの母の形見を絶対に受け取らなかっただろう。

つい、癖でお守りもないのに胸もとに手を置いて、エデトは懸命に息を整えた。そうしてふと、かたわらの女官に気づく。

「……その顔やめて、お願いだから」

「失礼しました」

アシャはすました顔になった。だがすぐに身を寄せて、声をひそめる。

「――でもエデトさま、もし、ですけど、もしそんなにおいやでないなら――ほら一応、皇帝ですし、いいところもないわけじゃありませんし――このまま本当の皇妃になっちゃうなんてどうですか？」

エデトは笑った。そして彼女の質問には答えず、別のことを言った。

「アシャ、丘のふもとまで出かけることはできる？」

§　§　§

ハーグレス侯爵邸に最新の宮廷のうわさ話を置いていった令嬢たちは、近ごろはまるで姿を見せない。それでも邸宅に勤める女官あたりから、そういった話が流れてくる。

――婚約式への廊下で、下々の者みたいにぴったり手をつないで……。

――今朝もお見送りにまで出て……。

きゃあきゃあとかしましい声での皇帝とその婚約者の近況は、いやでもミウステアの耳にも入った。父のところへ行こうと思いつつ、ぐずぐずと荷造りを延ばしては彼女たちの声に耳をそばだててしまう自分がいやになる。ミウステアは、彼女たちの姿がない庭園へと逃れた。

侯爵邸の庭園にも噴水が造られていて、傾いた日差しに凛としたきらめきを散らせている。先日の舞踏会で、宮廷の噴水の傍らでそんな声をかけてきた〈森の国〉の王女が、自然とミウステアの脳裡に浮かんだ。あのとき彼女に親切にされたことが、逆に心を波立たせる。

「……あの方はお幸せだから、優しくなれるんだわ……」

冷気を宿した秋風がかすめた唇から勝手に、そんな言葉がこぼれた。まるで恨み言のように聞こえて、ミウステアはびくりとして唇を押さえた。

庭園に面した廊下に急ぎ足の女官が通りがかり、ミウステアに気づいて声をあげた。

「お嬢さま、こんなところにいらっしゃったのですか！」

女官は来客を告げた。その名前を聞いたミウステアは驚いた。

「――まあ、王女殿下が⁉」

客間に急ぐと、たしかに〈森の国〉の王女がいた。壁の肖像画を眺めていた彼女は、黒髪を揺らして機敏にミウステアに視線を移した。

「突然の訪問失礼いたします、ハーグレス侯爵令嬢」

正式な皇帝婚約者となっても、まだ作法に慣れていないのか、王女は遠慮がちに礼をした。次いでミウステアを見つめた澄んだ黒い両眼もまっすぐすぎて、もう少しで不作法だと言ってもいいほど強かった。ひどい動悸がしてきて、胸を押さえずにはいられない。

「長々とお邪魔はいたしません。実は、あなたの兄上にお願いがあるのです」

その言葉もまっすぐすぎる。ミウステアは彼女に早く帰ってほしかった。

「兄は、クリュサル陛下にお仕えする大臣です。どうぞ直接お命じくださいませ」

「わたしはただの婚約者で、それに個人的なお願いですから、あなたの兄上に命じることなどできません」

王女の頼みを聞きとどける義務はなかった。しかも、兄はクリュサルへはっきりした敵意を持っている。それは当然、彼の婚約者のこの王女にも向けられるものだろう。ふたりを近づけることがよい結果になるとは思いにくい。

ミウステアがためらっていると、〈森の国〉の王女は粘ってきた。

「筋違いなことを申しあげているお詫びはいたします。ですが、ほかに思いつけなくて」

彼女は帝国の礼儀作法に疎い。厚かましくずうずうしい。なのに、ミウステアが持てなかったものを持っている。仲のいい兄弟も、帝都の令嬢には心を動かさなかった皇帝も――そんな思いがよぎったとき、ミウステアの心の底でざわりと何かがうごめいた。

「――わかりました。わたくしでよろしいのでしたら」

§　§　§

ハーグレス侯爵邸からの帰路、馬車のなかでアシャがさぐるように見てくる。

「エデトさま、ハーグレス侯爵令嬢にお話ってなんだったんですか？」

「うん、ちょっと」

「……わたしにも内緒なんて、水くさいですね。拗ねますよ？」

エデトは苦笑した。

「それはやめて、とても困るもの。でも、これだけはごめんなさい。そのうちわかるから」

「だったらまあ、我慢しますけど……。ほかにも何かすることはあります？」

「ううん、もうおとなしくします」

実際、エデトがすることはとりあえずいまは何もない。

(準備はこれでおしまい。あとは待つだけ)

クリュサルの呪譜はこれまで間違ったことがない。だから、彼の婚約者となったエデトに不幸が訪れることはきっとないのだろう。クリュサルの留守のあいだにメイルズが何か仕掛けてきたとしても、エデトの力でかわせる程度の罠でしかないに違いない。

（わたしが普通にふるまっているかぎりは、きっとそう）

そうなれば、今回もクリュサルの予測は合っていたことになる。自分が皇帝でいれば帝国が滅亡するという予測が合っていると思っている、彼の確信をまた深めてしまう。

（でも、その予測がはずれたら？）

クリュサルも本心では、自分の予測がはずれることを望んでいる。

――きみがおれの呪譜を完膚なきまでに否定してくれるのなら、喜んで皇帝を続けさせてもらう。

彼がリウに言ったあの言葉は、エデトの耳にしっかり残っている。

（ただの田舎王女、宮廷に不慣れな不作法者くらいでは、まだだめ。クリュサル陛下の呪譜に出るはずもない、さざなみみたいな揉めごとしか起こせない。だけどもっとずっと、全然普通ではないことをわたしがしたら――？）

エデトは晴れ晴れと空を見上げた。

§　§　§

宮殿が広がる台地の最も西のはずれの木立のなかに、その小さな離宮はあった。エデトは紅砂岩の壁を見つめた。

(人に捨てられて、忘れられた場所なのね)

華やかさを極めた聖レオス帝国宮殿の敷地内にありながら、ここは別世界のようだった。きちんと手入れされていれば、隠れ家的な居心地のよさもあっただろう。しかし、木立は乱れて倒木が目につき、伸びた蔓草があたりを侵食しつつある。建物自体も旧棟どころか新棟よりも新しそうな造りなのに、すでに廃屋の気配がただよっていた。

建物に付属する鐘塔が、ここに皇帝が滞在することもあった時代を告げている。しかしいまはむなしく風が吹き抜けるばかりで、吊るされた鐘は長らく鳴らされていないようだった。

木々の合間から、小鳥たちのさえずりが聞こえてくる。エデトはしばらく耳をすませ、木立を見やった。

(アシャは、怒るだろうな)

朝食後、休みたいと言ってアシャを下がらせたエデトは、ひそかに故国の正装に着替えて窓から抜け出した。一応書き置きは残してきたが、それを読んでも拗ねるという程度ではきっとすませてはくれないだろう。

(でも、絶対にこんなところにつれてくるわけにはいかないから)

エデトは玄関への小階段をのぼった。ぎぃ……と扉が開いた。エデトはびくりとし、立ちすくんだ。玄関のなかでは無表情な従僕が扉を支えていて、そのむこうから声がした。

「ようこそいらっしゃいました、王女殿下」

メイルズ・ハーグレスだった。いつもの宮廷服ではあったが煙水晶の眼鏡はかけていない。

エデトはにこりと微笑んだ。

「お招きいただきまして、ありがとうございます、ハーグレス閣下」

露わな冷たいまなざしが、エデトをじろりと一瞥する。

「ひさしぶりにそちらのお姿を拝見しましたよ。今日は何を企まれているのやら」

「前皇帝陛下への礼と、わたし自身の都合というだけのことです。まさか、企みごとでハーグレス閣下と勝負しようなどとは思っていません」

メイルズの片眉がつりあがった。エデトは改めて、講義で学んだ帝国風の礼をした。

「わたしの勝手な願いを聞きとどけていただき、ハーグレス閣下には心から感謝しています」

先日、エデトがミウステアに言づてを頼んだのは、前皇帝ヴァルゼーへの拝謁だった。その願いはおそらく叶えられること、そしてそれはおそらくクリュサル不在のあいだになるだろうことを、エデトは予測し、そのとおりになった。

(呪譜は作れなくても、わたしだってこれくらいなら読めるわ)

エデトはまっすぐにメイルズを見つめた。

「それに、一度ゆっくりハーグレス閣下とお話もしてみたかったのです。あなたはほかの貴族たちと違って、本格的な狩りをなさるようですから」

メイルズは冷ややかに微笑した。

「狩り、ですか？　私はもっぱら屋内ですごすほうで、野外は苦手なのですよ」

「いいえ、とてもお上手ではありませんか。もしラケイドが蜂蜜をつまみ食いしてくれていなかったら、わたしはあなたの罠で見事に狩られていました」

メイルズの微笑が大きくなる。

「――どうぞ、こちらへ」

招き入れられた邸内に、他の従僕の姿は見当たらなかった。そのせいか、掃除や補修などもおろそかになっているようだった。すりきれた絨緞の下の階段は足を載せた途端にたわんだように感じられ、木製の手すりには埃が貼りついてもはや一種の膜のようになっている。

エデトの感想に気づいたらしく、メイルズが言った。

「何かと行きとどいておりませんが、どうぞご容赦を。クリュサル陛下は、前陛下に冷たくあらせられますので」

壁のどこかが、相づちを打つようにきしんだ。

「たった十年前には、この有様からは信じられないほど華やかな宮殿だったのですがね。当時足繁くこちらに通っていた者も、いまはまるでいなくなりました」

メイルズは二階正面の扉を開けた。

室内の窓辺の寝台に、すっかり衰えた様子の男が、分厚いクッションに上体をあずけるようにして横たわっていた。

（この人が、前皇帝ヴァルゼー……）

まだ五十歳前後のはずだった。実際、髪は薄くはなっていたが白髪にはなりきらず、生来の薄茶色を留めている。しかし全体の印象はそれより二、三十歳も高齢のようで、死も間近と思えるほどにうつろだった。

（ラケイドから聞いたとおりだわ……）

講義のあいまに尋ねたところ、彼はアシャより容赦なく「酒毒により廃人となったそうで」と言っていた。そのとおり、皮膚は黒ずんでたるみ、口もとはだらしなくゆるみ、ぼんやりと空中に向けられた目は血走って濁っている。肖像画に描かれていた洗練された青年皇帝の面影は、どこにも見当たらなかった。

エデトは枕辺に近づいた。すると、皇帝の震える指のあいだにある物に気づいた。

内部に模様が浮かんだ半透明の黄色い石。クリュサルと同じ、黄石だった。

エデトは数を目視した。手に含んでいる分を入れて、おそらく十三個。一度クリュサルの黄石を見てしまうと、やはり数の少なさがすぐ目につく。まして当人であるこの前皇帝にとっては、その差はどれほどのものだっただろう。

前皇帝の指は、こわごわと愛でるように黄石をなですっている。クリュサルとリウが自信に裏付けされた無造作な指づかいで布地の上をすべらせていた様子とは、まるで違った。

（ここまで酒毒に侵されてもまだ、黄石に囚われている……）

彼の黄石への執着がクリュサルへの敵意となり、〈聖舎〉の悲劇をもたらした。もの悲しくなると同時にぞっとしながら、エデトは体をかがめた。

「ご拝謁賜りましたこと、つつしんで御礼申しあげます。このたびクリュサル陛下と――」

クリュサル、という名を聞いた瞬間だった。ヴァルゼーがかっと目を見ひらいた。

（危ない！）

とっさにエデトは飛びすさった。黄石が目の前で散らばった。

エデトの首めがけてつかみかかろうとしたヴァルゼーの腕が、むなしく宙に残っている。エデトをにらみつける濁った目は見ひらかれ、強い憎悪をたたえていた。

「小僧ぉ!!」

呂律の怪しい舌が、エデトがクリュサルであるかのようにののしった。だがすぐに視線はエデトから離れ、その指は弱々しく黄石を探しまわりはじめた。濁った目がまたエデトに向いた。

「よこせぇ!!」

言葉を失ったエデトに、ヴァルゼーはさらに言いたてた。

「よこせ、よこせぇぇ!!」

背後にいたメイルズがエデトを追い越し、枕辺に立った。彼が拾いあげた黄石をヴァルゼーの手もとに落とすと、衰えた前皇帝は手をばたつかせるようにあたふたとかき集め、ひとつずつ確かめるとまたうつろな顔でクッションに横たわった。

悲しい光景だった。エデトはつぶやいた。

「……この人は、そんなにもこの石が欲しかったのですか」

ヴァルゼーを見おろしていたメイルズの視線が、エデトに向く。

「昔は、むしろこんな石は消し去ろうとしていたのですがね」

エデトは真っ向からその視線を受け止めた。彼を見つめ、問いかける。

「〈聖舎〉を滅ぼしても——いえ、もっと前から、ユール一族と対立してもですか？」

メイルズは探るような目つきでしばらくエデトを見たあと、口の端で笑った。

「——王女殿下はずいぶんと熱心に、わが帝国の歴史を学ばれたようですな。たかが十年とはいえ、人の記憶は不確かなものです。記憶抹消刑になった事件を調べるのは、なかなか骨が折れたでしょうに。しかも知る者がかぎられている黄石についてまでご存じとは、恐れ入りました。いかがです、皇妃などではなく調査官をめざされては？」

エデトは、棘がたっぷりのその軽口に乗った。

「ええ、この件についてはすべて知りたいのですが、まだ足りません。ですからあなたに、お話をうかがいたいのです。あなたは、ヴァルゼー陛下の小姓だったそうですね」

「そうですが」

「当時、ヴァルゼー陛下にとても目をかけられていたと聞いています。——それは、ただの小姓としてですか？」

メイルズはまばたき、それからくっと小さな笑い声を立てた。

「何か、思うところでも？」

「ひとつはヴァルゼー陛下の肖像画。ハーグレス侯爵邸の客間で、先代ハーグレス侯爵、あなたのお父上の肖像画も拝見しましたけれど、おふたりとも同じ薄茶色の髪と目を持っておいでです。つまり、あなたと同じ」

「帝都では、たいして珍しい色でもありませんからね」

「もうひとつは、旧棟の隠し階段です。ラケイドにハーグレス侯爵家の来歴を尋ねたとき、あなたのご両親は若いころからヴァルゼー陛下と親しかったこと、宮殿にもよく招待されていたということも教えてもらいました」

「ああ。あなたもいま〈月の間〉にいらっしゃいましたね。ええ、宮殿に招待されたとき、若かりし母はあの部屋を与えられていたそうですよ」

女性向けの造りの〈月の間〉、そしてクリュサルが一度だけ使った隠し階段。

「あなただけどこかクリュサル陛下を下に見ていたのは……だからだったのですか？」

メイルズは声をあげて笑った。

「作法を知らないあなたでも、さすがにはっきり言うのははばかられますか。私が、前皇帝の隠し子と」

（やっぱり！）

エデトは唇を引き結んだ。

メイルズは視線を前皇帝にやった。煙水晶の眼鏡がないその目は冷ややかで、自分の父親を見るような愛情はなかった。

「私の母は、はっきり言ってひどい野心家でしてね。生家の家柄からすれば、父に迫って侯爵夫人になれただけでも破格の出来事だったんですが、それではまだ満足できませんでした。さすがに皇妃は無理としても、未来の皇帝母か皇妃母にはなれると企んだんです」

もはや彼は何も隠すつもりはないらしい。母親を語る口調はおどけていたが、その目はいっそう冷ややかになった。

「ですがそれなら、もっと夫選びを慎重にすべきでした。生まれてきた息子はどっちつかずの顔立ちで、皇帝の子だと母でも断言できなくなってしまったんですよ」

エデトは旧棟小広間の次の間と侯爵邸の二枚の肖像画を思い出した。描かれたふたりの男性はずいぶんと印象が違っていたが、それは衣装と画家が見事に個性をとらえた表情のせいで、顔立ち自体に際立った特徴はなかった。

「それでも皇帝の子に違いないと母は信じ、ヴァルゼー陛下ももしかしたらと思ったんでしょう。私は小姓に取り立てられて、何度か〈聖舎〉へお供をさせられました。そしてわけもわからないまま、黄色い石ころをできるだけ多く見つけろと急き立てられました。結局私は見つけられず、一方で、その後あっさり二十四個も見つけた子供がいたわけですが」

「……クリュサル陛下ですね」

「考えてみれば、彼は最初からいやな子供でしたね。運命というものをああもはっきり見せつけられたのは、あのときが一番でしたよ。ヴァルゼー陛下も同様だったようで、そのころ〈聖舎〉の廃止を心に決めたようです。そして決行に至ったのが十年前」

メイルズはひょいと肩をすくめてみせた。

「燃え落ちる〈聖舎〉の前で、ヴァルゼー陛下から、おまえが黄石を見つけられなかったせいだ、となじられましたよ。隠し子かもしれない私が無事に黄石を見つけて皇太子になっていれば、陛下もまだ〈聖舎〉とユール一族を信じられたそうで」

おどけていたメイルズの声が、そこで一段低くなる。

「――まあ私も身勝手なたちですから、〈聖舎〉の焼失よりも、それまで父だと思っていた人が父ではないかもしれないと知ったことのほうが衝撃でしたがね」

家族が自分が思っていた家族ではなかったと知ったときの衝撃は、エデトも知っている。

（あなたも、そうだったのね）

エデトは、この点だけはメイルズに同情した。その分、ヴァルゼーへの嫌悪感が強くなる。

「黄石は、帝国を導くために皇帝に下されるものでしょう？　なのにヴァルゼー陛下はなぜ、自身の黄石の数が不満だからと、帝国の未来そのものも閉ざすようなことができたのですか。ほかの人は止められなかったのですか？」

「聖レオス帝国皇帝の神告に逆らう勇気のある忠臣は、残念ながらいなかったということです。ヴァルゼー陛下の人としてのたがは、その随分前からはずれていたんですがね」

メイルズは薄く笑った。

「ヴァルゼー陛下の即位当時、ユール一族に多くの黄石を持った娘がいたそうです。たぶん、その日はすでにいくらか飲みすぎていたんでしょう。ヴァルゼー陛下はその娘から黄石を奪おうとしたんですが、娘が川に落ちたあといくら探しても、ひとつの黄石も見つからなかったそうです。酔うとよく、あのとき十個、いや五個でも見つかっていればと、ぶつぶつつぶやいていましたっけ」

エデトは息を呑んだ。

(母さま！)

エデトの母も、ヴァルゼーの被害者だった。エデトはぞっとして、衰えた前皇帝を見やった。自分の黄石の数などという小さな引け目から、彼はこれほど多くの人間を傷つけた。

(あなたの十三種の黄石の呪譜でも、こうなる未来は予測できたでしょう……？)

エデトは前皇帝から目をそらせた。そしてメイルズを見た。

「わたしを害するような脅迫状を弟に送ったのは、あなたですね。ヴァルゼー陛下の筆跡まで真似て」

彼はうやうやしく一礼してみせた。

「は、僭越ながら。王女殿下の故国が僻地ゆえ、思ったより遅かったですな。もっと早く反応が見られるかと期待したのですが」

「ご期待に添えず失礼いたしました。ですがまさか、あんなものでわたしが逃げ帰るとも思ってはいなかったでしょう？」

返答は必要ない。メイルズの笑みが語っている。エデトは言葉を続ける。

「あなたは、あの脅迫状が、わたしを経てクリュサル陛下にもたらされることを予想していたのではありませんか。だから筆跡をヴァルゼー陛下に似せたのではないですか」

彼の笑みがいよいよ濃い。

「ハーグレス閣下、あなたは、この宮廷で最も危険な罠師です。だからわからないのです。そのあなたが、こんな意味のわからないことをする理由が」

エデトが言うと、メイルズは小さな笑い声を漏らした。

「ああ、王女殿下を悩ませてしまいましたか。これは申し訳ございません。そう深刻に受け取らなくていいですよ。ちょっとしたいやがらせというだけの話ですから」

さまざまな予想はしていたが、そのどれも違った。エデトは完全に意表を衝かれた。

「……いやがらせ？」

「二十四種もの黄石であらゆることを知ることができるわが皇帝陛下に、ありえるにしてもありえないものを突きつけてみたくなりまして。そうしたら少しは悩ませることもできるかと」

メイルズは心底楽しんでいるようだった。

(――やっぱりこの人は、毛長鶏(ケナガドリ)の群にまぎれているだけの尾綱鼬(オツナイタチ)だわ)

聖レオス帝国皇帝という屋根の下で狭い縄張り争いに夢中の貴族たちと違って、メイルズだけはその皇帝を自分と対等と見、飛びかかる隙をうかがっている。

「彼の油断のならなさは、この十年で思い知らされていますのでね。私などより、よほど大人(おとな)でしたよ。暗殺計画をかいくぐり、ヴァルゼー陛下と近しい者の力を削(そ)ぎ、そして毒がヴァルゼー陛下自身を蝕(むしば)みきるときを冷徹に待っていた。さすがにものが違います。ですからああした小細工で揺すぶってみないことには、凡人には手の出しようもないのですよ」

メイルズはそこで、芝居がかった仕草でかぶりを振った。

「ですが、まだ甘かったですな。あの脅迫状を見れば、もしかしたらこの離宮を訪れるかもしれないと思ったんですがね。そうすればまたこちらもいろいろ用意できたのですが、今回もお見事な冷徹ぶりを発揮して、残念ながら来なかった」

(クリュサル陛下に、そんなよけいな時間はありません)

彼の多忙ぶりは普段は心配の種だが、そのおかげでこうしてメイルズの罠に関わらずにすんだ。エデトはほっとした。

「ですがかわりに、あなたが来たいと言い出した」

メイルズの声に、意識が呼び戻される。

「やはり何かしら行動しておくものですな。妹から聞いたときは、耳を疑いましたよ。あなたこそ、なぜひとりでここへ来たんです？　私とただ話がしてみたいなどという、身に余る光栄を受けたとは考えないほうがよろしいでしょうな？」

「いいえ、半分はそう思っていただいて結構です。そして実際、たいへん興味深いお話をうかがうことができました。ありがとうございます、ハーグレス閣下」

エデトはまた帝国風に礼をした。メイルズの視線が針のように鋭くなった。エデトはその目を見つめ返した。

（やっぱり、あなたとわたしがめざすところは同じだったのね）

メイルズもクリュサルの予測をはずそうとし、エデトもまた彼の呪譜の間違いを示そうとしている。異なる目的を持つふたりのめざす先は、奇妙にも完全に一致していた。

§　§　§

従者が遅い朝食を調達してきた。カドシュは礼を言って受け取り、クリュサルに差し出した。だがクリュサルは虚空（こくう）を見つめたまま、カドシュをさえぎるように片手をあげた。不要、の意味だった。その間もぶつぶつと口のなかで、他人には意味のわからないひとりごとを忙しくつぶやいている。

「――よし」

ようやく言葉になった声をもらすと、今度はあわただしくペンを走らせる。紙をばたつかせる北風に苦労しながら封をし、逆にカドシュに差し出した。

「追加の指示だ。バティラまで届けさせてくれ」

カドシュは騎士を呼び、指示書を渡した。

は、と命令を受けた騎士は、すぐさま街道を逆方向へと馬を走らせていく。

クリュサルも、そしてカドシュも馬上だった。

本来ならばまだバティラの街にいる予定だったのだが、昨夜クリュサルが急遽変更させた。当初の目的の市街整備にあたる者たちとラケイドを残し、一部のみで夜を徹して帝都スタへの帰路についている。

隣に馬を並べたカドシュが、なかばあきれ顔でささやいてきた。

「いまので大丈夫なのか？」

「ああ。橋梁工事の一件はあれですむ。これで将来洪水に見舞われても、交通網は残る」

クリュサルは前を向いたまま答えた。現地情報にあたって呪譜を作るのがもちろん一番正確だが、限定的な工事程度の予測ならば黄石を使わずとも脳内で十分に可能だった。そんなものにひと晩も時間を費やす必要はない。

「それならいいが、そうあせるなよ。エデトさまには、何も悪いことは起きないんだろ」

先を急ぐクリュサルの内心を、長身の幼なじみは見抜いている。

一瞬うろたえた視線をカドシュに向けたクリュサルは、だがすぐにまた前を向いた。いい言い訳も浮かばず、風が乱した前髪を黙ってかきあげる。

カドシュは内心を見抜いてはいても、思いやってくれるつもりはまるでないらしい。追い打ちをかけてくる。

「なんだか知らないが、とにかく落ちつけ。アシャだってついてるんだし、何よりおまえは、間違いたくても間違えられないいんじゃなかったのか？」

実際そうだった。クリュサルはよけいに何も言えず、黙って腰の革袋に手をかけた。エデトがくれたお守りの感触が指先に触れた。すると自然に、正直な言葉が口からこぼれた。

「――それでも、いやな予感がする」

カドシュが目を丸くする。

「おまえが、予感？」

「ああ、そうだ。笑ってもあきれても、好きにしろ。ただおれも好きにさせてもらう」

クリュサルは革袋越しに、お守りを握った。このお守りをくれたときのエデトを思い出す。

あのとき彼女はたしかに腕のなかにいた。澄んだ黒い瞳がすぐそこにあった。その記憶があざやかなだけに、二度とそうして彼女の存在を感じることができないかもしれないという漠然とした恐怖が、改めて強くなる。

「そこまで心配だったら、改めてエデトさまについて呪譜を作りなおしてみればいいだろ」

「完全な私事は思考が乱れるから無駄だ。そもそもそんな暇があったら、直接エデトの顔を見るほうがいい」

まだ退位を決める前、クリュサルは皇妃についても軽く考えてみたことはある。皇妃候補として十分な教育を受けてきた貴族の令嬢たちのなかから選ばれた相手ならば、大きな問題を起こす可能性は低いはずで、実際に呪譜でも皇妃の存在感はいい意味で薄かった。クリュサルにとってはそれだけで十分だった。

しかし状況は一変した。エデトは貴族の令嬢たちとはまるで違う。彼女の事情があったとはいえ、自分から求婚してきた。令嬢としては段違いに気の強いアシャでもできないような、宮廷では蛮勇と見なされるほどの行動力だった。そうして偽装結婚を引き受け、その後も評判など気にすることなく、必要と思えば本来彼女には不向きなことまでこなして、時間稼ぎの約束を守ろうとしてくれている。

帝国辺境の〈森の国〉という異文化が濃い土地の育ちというだけでなく、そうした強さがエデトという人間の本質なのだろう。

だが彼女の強さはかえって、自分の保身を考えない危うさとしてクリュサルを不安にする。

これまで間違っていてほしいと願いつづけた呪譜を、いまほど間違わずにいてほしいと祈ったことはない。クリュサルは行く手を見据えた。

カドシュの小さな笑い声がした。

「――おまえ、エデトさまにすっかり持っていかれたな」

クリュサルは答えなかった。

答えるまでもないことだった。

§　§　§

「ほう。では、残り半分は？」

離宮への単独での来訪の理由を問うメイルズの声には、まんざら見せかけだけではなさそうな興味がのぞいている。

エデトは、煙水晶の眼鏡をはずした素顔の彼をまっすぐに見つめた。

「ハーグレス閣下の新しい罠に興味がありました。クリュサル陛下の留守のあいだにわたしがここに来ることになって、あなたはどういった罠を用意してくださったのですか？」

一転丸くなった目でまじまじとエデトを見つめてから、メイルズは短く吹き出した。

「は、ヴァルゼー陛下暗殺犯として、この場で成敗させていただこうかと。王女殿下の謎の失踪でも用は足りるのですが、あなたがどこかにひっそりと身を隠して、一生口をつぐんでくれるはずと信じることはできませんので」

エデトは息をついた。

「故国の弟が黙ってはいない罠ですね」

「あなたの弟が肉親の情に囚われた愚か者なら、自治領がひとつ消えるだけのことです」

「そもそもわたしには、ヴァルゼー陛下を暗殺する動機もありませんけれど？」

「お任せください、私が証言してさしあげます。幸いあなたは、美しく勇ましく不作法だ。老耄したヴァルゼー陛下の寵愛を拒んで反撃したところを成敗された、という筋書きではいかがでしょうか」

エデトはさすがに眉をひそめた。簡潔に評する。

「ひどい筋書きです」

メイルズは微笑みながら、うやうやしく一礼した。

「申し訳ありません、どうも私には文才がないようでして。とはいえ、あなたがご存命であれば裁判にご自身の証言が必要となりますが、死亡ないしそれに準じた失踪となると、残された証拠と第三者の証言だけでの判決が許されます。王女殿下ご自身が私の壊滅的な文才につきあう必要はありませんので、どうぞご心配なく」

そこで彼の笑みが消える。

「――いまになって後悔しても、すでに遅いですよ」

「知っています。外に人を忍ばせているのでしょう？」

小鳥のさえずりには意味がある。〈森の国〉の民はその意味を聞き分けることができる。離宮に入る前に木立で鳴いていた鳥は、見慣れないものを警戒していた。さらに近くの茂みのいくつかの枝の折れ口は、いましがた人が通ったかのように真新しかった。

エデトの冷静な返事にメイルズはわずかにひるんだが、すぐに気を取り直した。

「まさに獣のような勘のよさですな。彼らも、そしてこの離宮の召使も、わずかながら残ったヴァルゼー陛下に仕える者なのですよ」

エデトはメイルズを見つめた。前皇帝に忠誠を尽くす者たちがまだいることに、違和感はない。ただ、そのなかにこの男がいることには違和感がある。むしろ彼は、クリュサルを軽く見る以上にヴァルゼーを軽蔑しているように見える。

「あなたは、ここでも自分とは違う者たちの群にまじっているのですね」

メイルズは薄く笑った。

「自分の居場所など気にしたことはありませんな。彼らは必ず沈黙を守る、重要なのはそれだけです」

(本当に?)

彼はむしろ気にしないように努めてきたのではないかと、エデトは思った。家族のなかにも、ヴァルゼーのもとにも、貴族のあいだにも、そしてここの前皇帝の旧臣たちのところにも、彼の居場所はない。

（前皇帝があなたにした一番ひどいことだわ。世界から、あなたのあらゆる居場所を奪ってしまうなんて）

そのやり場のない怒りをすべて、メイルズはクリュサルに向けているのかもしれない。

（でも、クリュサル陛下はあなたに届するような人ではありません）

エデトは彼に静かに言った。

「口の堅い者ばかりなら安心ですね。では、どうぞ始めてください」

「……やけに話が早いですな」

メイルズが、さすがにとまどった顔をする。

「あなたとわたしの目的は違っても、方法は同じだからです。あなたはクリュサル陛下の思いどおりにならない未来を作りたいのでしょう？　わたしもそこは同じですから」

するとメイルズは突然、顔をそらせて大声で笑い出した。

（こんないやな笑い声を、最期に聞くなんて）

エデトはわずかに眉をひそめた。外の小鳥の声でも聞こえないかと耳をすませたが、メイルズの笑い声があまりに大きすぎてほとんどわからない。

やっと笑い声がやんだ。メイルズは、笑いすぎてにじんだらしい涙を指先でぬぐった。

「いや……王女殿下は実におもしろい方ですな。たしかに最初からそうでした。いきなり引き立て役を務めるなどと言い出して。こんなに自分を粗末にする者がいるとは驚きましたよ」

「逆です。森では、命はいつか必ず失われるものと学びます。だからこそ最大に活かせ、と」

「とても活かしているようには思えませんな」

エデトはにこりと微笑んだ。

「いいえ。わたしの命によって、あなたはクリュサル陛下の糧となりますから」

メイルズの顔に怒りがよぎった。

(そうはさせないと思いたいでしょうけれど、でも、必ずそうなります)

彼がどう取りつくろおうとクリュサルがいずれ真相に気づくことを、エデトはちらとも疑わなかった。

皇帝の婚約者がただの死ではなく、貴族の陰謀による死を遂げたとなれば、皇帝個人の悲劇では終わらない。聖レオス帝国の貴族たちを震撼させる一大事となる。四年間は帝国に何ごとも起こらないというクリュサルの呪譜は、完全に否定される。

(少し困らせてしまうことになりますけれど、クリュサル陛下なら大丈夫です。だからちゃんとそのあとも、皇帝を続けてくださいね)

気を取り直したメイルズが、外に声をかけた。

「王女殿下に飲みものを」

「要りません。さっさとあなたの罠を始めてください」

「用意しておいたものですので、そうおっしゃらずにどうぞ」

メイルズはうっすらと微笑んで、貴族らしい優雅さで勧めてきた。

「ヴァルゼー陛下は酒以外にも、夢を見られるさまざまな薬物への造詣を深めておりましてね。ただ飲む分には、口当たりのよい甘い飲みものですよ。そしてすぐに、それにも負けない甘い眠りが訪れます。わが筋書きを始めるのはそのあとにいたしましょう」

エデトは眉をひそめた。前皇帝の急激すぎる衰えは、酒毒のせいだけではなかったらしい。

「薬は、力を取り戻すための癒やしとして使うものです。それを夢のなかへ逃げこむためだけに使うだなんて、ヴァルゼー陛下は、無駄な努力ばかりなさっていたのですね。本来すべきことに努力していれば、また違った未来があったでしょうに」

メイルズは嗤った。

「たしかに、ヴァルゼー陛下ご自身にとってはまったくの無駄でしたな。しかしそれもご本人の望まれたこと、私ごときに止められようはずもありません。それに、こうして王女殿下をいたずらに苦しめずにすむ役には立ちましたよ」

最期に聞く話も、語る声も、見る顔も、エデトの好みとはまったく逆だった。

(せめて、最期に飲むものくらいは美味しいといいのだけれど)

リウを思い出す。エデトの死を知れば、きっと嘆き悲しんでくれることだろう。

(ごめんね、リウ。でも、あなたはわたしが思っていたよりずっとずっと頼もしくなっていたから。あなたもきっと大丈夫)

クリュサルとともに呪譜を作っている弟の姿を見てそう思えたからこそ、エデトは自分を犠牲(ぎせい)にする覚悟ができた。

(だからいままでやってきたみたいに、あなたにはできないことをわたしがかわりにやっただけ。クリュサル陛下への一番の恩返しは、呪譜の否定だとわかっているでしょう？　クリュサル陛下を責めないでね)

いま願うことはそれくらいだった。エデトは早く飲みものが来ないかと扉に目をやった。

と、勢いよく扉が開いた。

「閣下、予定外の者が――」

動揺している従僕のあと、別の男に引き立てられて部屋に現れた人影は、場違いな花のように可憐(かれん)な姿だった。

「アシャ!?　え、それに――」

エデトは目をみはった。自分を引き立てる男を気丈ににらむアシャにかばわれてそこにいたのは、ミウステアだった。メイルズもこぼれ落ちんばかりに目をむいた。

「なぜおまえがここにいる!?」

アシャがかんしゃくを起こしたように怒鳴り返した。

「知りませんよ、エデトさまを探している途中で拾ったんです！」

宮廷でも屈指の洗練された令嬢を、まるでかわいそうな生き物であるかのように言う。

しかし実際いまのミウステアは、それ以外の何者でもなかった。ドレスは汚れ、髪は乱れ、華奢な絹靴での荒れた道歩きで足も痛めてしまっているらしい。しかもすっかりおびえきって、エデトとメイルズとを交互にうかがっている。ふるふると震えながら、彼女は兄に訴えた。

「お兄さま……わたくし、やはり、このようなことはよくないと……」

驚愕の表情で妹を見ていたメイルズは、何かを断ち切るようにはっと鋭く息をついた。

「いまさら行儀よくするつもりか。田舎王女が前皇帝陛下に会いたがっていると私に教えたとき、おまえは何を考えていた？　私に期待をしていただろう？　邪魔な田舎王女を排除してくれるのではないかとな」

ミウステアがびくりとすくみあがる。その目に涙が光る。

「……たしかに思いました……浅ましい、ひどいことを考えました……ですが……でも……」

心がある者なら手を差しのべずにはいられない痛々しさだったが、メイルズは何も感じないらしかった。冷ややかに妹を見おろすだけだった。

「あのとき、少しは使えるようになるかと期待したのだがな。やはりおまえには宮廷の暮らしは無理なようだ。――仕方がない」

一瞬、急な痛みに襲われたかのようにメイルズの顔がゆがんだ。だがその表情をふりはらうかのように、次の瞬間、冷たい声が言い放った。

「そこの女官ともども、ゆっくりしていけ。幸い、飲みものは十分に用意してある」

エデトははっとした。

自分だけなら逆らうつもりはなかった。だが、このふたりを犠牲にすることになんのためらいのないメイルズの言葉を聞いた途端、エデトは動いた。

「——メイルズ・ハーグレス、動くな」

彼がふりむいたときには、エデトはすでに前皇帝の首筋ぎりぎりに抜き身の短剣をあてていた。そうされても前皇帝はうつろに黄石をまさぐりつづけていたが、メイルズの傍らの男たちは顔色を変えた。

（あなたは前皇帝なんてどうでもよくても、あなたがいままぎれている群はそうじゃない）

そして仲間のふりをしているメイルズは、群の意向に逆らうことはできないはず——エデトはそこに賭けた。

「ふたりを放せ」

森での狩猟の際、言葉ははっきりと短い。エデトはそのときと同じようにメイルズに命じた。

メイルズはわずかに口もとをひきつらせ、男に言った。

「——放してやれ」

解放されたアシャは、噛（か）みつきそうな顔で男をにらんだ。そのあと、ミウステアを助けてこちらに来る。

エデトは勇ましい女官に小さくうなずいたが、視線はメイルズからはずさない。

「部屋を出ろ」

憎々しげにエデトをにらみつけたメイルズは、男たちをうながして部屋を出ていった。そうしながらもどこか余裕を残しているのは、どうせこの離宮からは逃れられないことを知っているからだろう。

（そう、このままではこのふたりまで――）

とにかくいまは時間が欲しかった。考え直す必要があった。エデトの計画は大きく狂った。

アシャとミウステアを道連れにするわけにはいかない。

「ふたりとも、扉をふさいで」

アシャは周囲を見わたし、すぐさま戸棚に駆けよった。

「えっ……」

一方、ミウステアはとまどっている。力仕事など、生まれてこの方やったことがないのだろう。エデトは彼女に言った。

「アシャと一緒に、戸棚を扉の前に動かして」

「わたくし、そんなこと……」

「やりなさい」

泣きそうになりながらも、ミウステアは戸棚に手をかけた。アシャが指示を替わった。

「そこに手をかけて――そう、そして体重をかけて押すんです――ほら、まだ行けますよ！」

がたがたと物音を立てながら、戸棚が扉の前に収まった。アシャは他の家具にも目をつけ、手際よく補強していく。見よう見まねでミウステアも、椅子などを運んでいる。

（これで、とりあえずは大丈夫）

エデトは短剣を引いた。何ごともなかったかのようにうつろに黄石をなでつづける前皇帝に目礼し、アシャとミウステアに顔を向ける。

「まず、あなたたちをこの離宮から逃がさなくては。ここには何人くらいいたの？」

アシャは、こんなときでもてきぱきとしている。

「三人は見かけました。ハーグレス侯爵令嬢から、エデトさまが前皇帝に会いに離宮に向かったはずと聞いて、その外まで来たときに捕まったんです」

（多い）

日が暮れてからの宵闇にまぎれてふたりを逃がすという考えを、エデトは捨てた。もともと追っ手のほうが地理にも詳しそうであり、そんななか、宮廷育ちのふたりが逃げ延びることができるとはとても思えない。

「どうにかして異変に気づいてもらうしかないみたい。アシャ、侍女か誰かに何か言い残してこなかった？」

「そんな暇あるわけないじゃないですか！　エデトさまがいなくなったとわかって、すぐに飛び出したんですよ！」

「……ごめんなさい」

アシャの剣幕に、エデトはおもわず謝った。それから思考を元に戻す。

「ということは、しばらく気づかれない可能性が高いのね」

「はい、ここの離宮は宮殿のなかでもはずれた場所になりますし、用もないのに近づく者なんていませんから。正直なところ、宮廷でもすっかり忘れている人のほうが多いと思いますよ」

エデトは眉根を寄せた。

「待つしかないということね」

誰を、ということは口にはしなかったのだが、アシャには十分伝わったらしい。初めて心細そうな顔になる。

「でもカド——いえ、クリュサルさまたちのお帰りは、早くても明日ですよ……」

自分ひとりなら十分だった。夜露をしのげる屋根も壁もある。前皇帝もいまのところおとなしく、数日この部屋に籠城することになってもなんとかなる。

だが、森育ちではない帝国令嬢のふたり、特にミウステアには耐えられないことばかりに違いない。すでに慣れない力仕事にくたびれ果てて、衰えた前皇帝にもおびえてすくんでいる。

窓の外で、小鳥が警戒の声をあげて飛び去った。

正装の弓矢は儀礼用のものだが、飾りではない。エデトは窓を開けて矢をつがえ、すかさず眼下の茂みを射た。低いうめき声とともに、茂みが揺れて人が逃げていった。

（むこうもおとなしく待ってくれるつもりはないみたい）

メイルズとしても、万が一にも邪魔の入らないうちにすべてを終わらせたいだろう。

エデトは木立に目をこらす。はっきりと見えるものはないが、すませた耳に届く小鳥のさえずり、葉ずれの音が教えてくれる。まだひそんでいる者がいる。前皇帝手飼いならば、十年前の〈聖舎〉討伐で武力をふるった者もいるだろう。その力はまだ十分残っているに違いない。

（どうする――？）

そのときだった。

またしても窓の外に、今度は豊かな鐘の音が響きわたった。宮殿の鐘塔が皇帝の帰還を告げる音だった。

「なんで⁉」

アシャが驚きの声をあげる。

エデトもまったく同じ思いだった。しかしそれと同時に一策がひらめいた。エデトは窓から身を乗り出した。

「エデトさま⁉」

アシャを無視して体をねじる。屋根のむこうに、離宮の鐘塔の屋根が、吊られた鐘の上部が見える。窓の下の茂みで人が動く気配があったが、意識の外に追いはらう。

（もう少し高いところから――）

エデトは窓枠に足をかけてよじのぼった。

「アシャ、すぐに窓を閉めて――絶対に開けるな！」

高くなった視点が鐘をとらえる。伸ばした足が窓枠から離れる寸前、エデトは矢を放った。

（届け――!!）

次の瞬間、エデトは背中から木立に落ちた。

「か、はっ――」

全身に一斉に激痛が走り、体のなかのすべての息が逃げた。

そしてエデトの意識は途絶えた。

§　§　§

正門をくぐった先の出迎えの者たちのなかに、エデトの姿がない。

どこかで彼女が迎えてくれることを期待し、だがどこかではこうなるだろうと予測していた。

クリュサルは馬を降りる間も惜しんで、鐘塔の鐘の音に負けないよう声を張りあげた。

「エデトは!?」

訳知り顔で微笑む彼らに、クリュサルはわずかにいらだった。〈月の間〉へ行こうと馬をすべりおりかけたそのとき、鐘の音のなかに、いきなり不協和音が交じった。

カ…………ン…………。

宮殿の鐘よりも高く、どこか調子はずれな、やけに耳につく音。

しかし、その音は遠かった。続きもせず、なんの音かもはっきりしない。誰もがちょっとふしぎそうな顔をしただけで、気にも留めずに到着作業に取りかかろうとする。

だが、クリュサルには十分だった。

「――離宮か！」

〈森の国〉へ送られた脅迫状とその音が、一瞬で結びつく。

忘れられた離宮の、長らく鳴らされなかった鐘の音。それがいま、一度だけ鳴った。かぎりなく恐怖に似た不安に駆られ、クリュサルは馬の腹を蹴った。

影のように隣にカドシュの馬が来た。

「どうした？」

「いまのは離宮の鐘だ！　何かが起きている」

カドシュは背後に合図し、クリュサルにうなずいた。

「わかった、おれが先に行く。おまえはあとから護衛と来い」

ユール一族の優れた体技を持つカドシュは、馬の扱いにも長けている。軽々と自分を追い抜いていった彼の背を、クリュサルは歯噛みする思いで見送った。幼なじみへの信頼以上に、あせりのほうが大きかった。護衛を待つことなく、必死に彼を追う。

荒れた木立のむこうに離宮が見えてきた。先を行くカドシュが馬を止め、耳をすませると、すばやく下馬して裏手へと消えた。クリュサルもそれに倣った。

アシャと、誰かまた別の女性のけたたましい金切り声が聞こえてきた。驚きと怒りと悲しみで言葉をなしていないそのなかに、エデトの声がないことにかえって不安が煽られる。倒木を飛び越えて裏手へ急ぐ。

角を回ると同時、今度は鋭い剣戟の音が耳を打った。カドシュが男と斬り結んでいた。

そして、黒髪を乱して横たわる人影と、それにむかってかぶった別の男。

「エデト⁉」

アシャの金切り声とともに、男めがけて二階から花瓶が降ってきた。男が花瓶を払ったところに、クリュサルは斬りこんだ。力の抜けた男の剣が大きく払い飛ばされる。

カドシュの気配を背に感じながら、クリュサルは、目を閉じて身じろぎひとつしない彼女にかがみこむ。

「エデト‼」

護衛たちの声も聞こえてきた。

§　§　§

鐘の音が聞こえている。皇帝の帰還を告げる音。

(クリュサル陛下が帰ってきた——脅迫状も見ているし、だから離宮の鐘の音を聞けば きっと何かあったとすぐに気づいて、向かってくれるに違いない。

(アシャと——侯爵令嬢を——)

あのふたりも、それくらいの短い時間なら耐えられるだろう。それにもしかしたら、不利を悟ったメイルズが逃亡を優先してくれるかもしれない。

(早く——)

鐘の音は次第に大きく、近づいて、とどろくような響きとなる。

(……うるさいな……)

いつまで鳴っているのだろう。長々と鳴りわたる鐘の音が、さすがに不快になってきた。エデトは耳をふさごうとした。だが、手が動かない。

「——デト、エデト」

誰かが呼んでいる。誰だろう。ひっきりなしにエデトの名を呼んでいる。誰でもいいから、この不快な鐘の音を止めてほしかった。

(うるさいの——鐘を止めて——)

頼もうと思ったが、声が出ない。

(ああ、当たり前——)

エデトは、自分が呼吸を忘れていたことに気づいた。これで声が出せるわけがない。どうしてそんなことを忘れていたのか苦笑しながら、息を入れる。

（あれ――？）

なのに息が入らない。巨大な手につぶされているかのように、胸が新鮮な空気を吸いこむことを拒んでいる。エデトは初めて息苦しさを感じ、深く、大きく、無理やり息を吸いこんだ。

直後、それまで鐘の音の振動と思っていたものが全身の激痛となった。

「ぐっ!!」

吸ったばかりの息がうめき声となって、喉から逃げる。

「エデト！」

ふわふわと鐘の音を聞いていた夢は消えていた。鐘の音はもう聞こえない。かわりに、自分を呼ぶ声がはっきり聞こえる。エデトはひどく重いまぶたをこじあけた。

「……クリュサル……へい……か……」

声が彼のものだとは、すぐにわかった。

「エデト！」

落ちかかる髪が触れそうな近さに、クリュサルがいた。まだバティラの街にいるはずの彼が、なぜここにいるのかは気にならなかった。ただ、ひどく青ざめていることだけが気になった。

（また、眠っていないみたい）

ぼんやりそんな心配をしながら、エデトは尋ねた。

「アシャは……侯爵……令嬢も……」

「無事だ、ミウステアも無事だ」

よかった、とエデトはほっとする。彼女たちさえ無事なら、それでいい。

「……こんな事件は……予測できて……いませんでしたよね……？」

エデトは笑った――つもりだったが、頬に力が入らない。かえって背中から心臓に杭をねじこまれるような激痛に襲われて、エデトはたまらず苦痛の声をあげた。

「エデト！」

大丈夫です、となんの確信もない言葉を返す余裕もなく、エデトはまた意識を失った。

§　§　§

エデトが次に目を覚ましたのは、柔らかに頬を受け止めるクッションの上でだった。

「ん……」

痛み止めが与えられたのか、背中の激痛はしびれにも似た重い違和感に変わっている。力が入りにくい腕を持ちあげると、巻かれた包帯が見えた。だるくて感覚が鈍い脚も、きっと似たようなものだろう。しかしどうやら致命的な怪我ではないらしい、とエデトは見当をつけた。

（……どうしたのだっけ……？）

ゆっくり記憶がよみがえってくる。窓の外に身を乗り出して、離宮の鐘を射て、そのまま木立に落ちた。クリュサルと話した気もする。しかしそれからどうなったのか、どれくらい時間が経ったのか。

クッションにうつぶせになったまま、そろそろと顔を逆側に向ける。ほどかれた自分の髪が視界を邪魔したが、それでも枕もとの椅子でうとうとしているアシャの姿が見えた。エデトはほっと頬をゆるめた。

（よかった、無事で）

もうすっかり見慣れた〈月の間〉の主部屋だった。壁の燭台の蝋燭が静かにともっていた。どうやら真夜中過ぎらしい。かぼそく高く澄んだ緋鶫の鳴き声が遠く聞こえて、夜のしじまを逆に深めている。

うとうとしながらも神経をとがらせていたのか、アシャが機敏にはっと目を覚ました。目が合った途端、吊り目気味の両眼にみるみる涙が浮かんだ。

「エデトさま!!」

飛びついてくるなり、エデトの手を握りしめる。そして子供のようにわんわんと、声をあげて泣き出した。エデトはあわてた。

「アシャ、大丈夫、大丈夫だから、落ちついて、ね？」

体を起こそうとすると、アシャから叱りつけられる。

「だめです！　寝ててください!!　……ううっ」

しゃくりあげながらも制止してくる彼女に、エデトは素直に従った。

「……ええと、よくおぼえてないのだけれど、クリュサル陛下たちが来てくれたのよね？」

「はい……ひくっ……エデトさまが窓から落ちられたら、木立から男たちが出てきて。だからわたしたち、必死で追いはらおうとしたんです。部屋のなかにある物、なんでも投げて。エデトさまを守りたくて、いっぱい叫んで……ぐすっ……そうしたらカドシュと、あとクリュサルさまが来て」

窓を閉めて絶対開けるなと言ったのに、まるで聞いてもらえなかったらしい。

（危ないわ。助けが間に合ってくれたからよかったようなものの……）

それでもアシャと、さらにはあの可憐なミウステアまでもが、手当たり次第に物を投げていたのかと思うと、少しおかしくもあった。

「エデトさま、大丈夫ですか？　気分は悪くないですか？」

「うん、全然。わたしはどれくらい眠っていたの？」

「今夜で丸二日です」

そのあいだ、まともに寝ずに看病してくれていたのだろう。アシャの目の下にはくっきり隈ができている。

「アシャ、ありがとう。大丈夫だから、今夜はもうゆっくり休んで」

「わたしは平気です！　──あ」

「どうしたの？」

「クリュサルさまから、エデトさまが目を覚ましたらいつでも知らせろと言われてました。──まあでも邪魔ですし、朝でもいいですよね！」

「あなたがそれまでちゃんと休んでくれるならね」

エデトは笑いながら釘を刺した。アシャはしょんぼりと眉尻を下げた。

「でもその前に、手伝ってくれる？　体を起こしたいから」

エデトはアシャの手を借りて、仰向けに姿勢を変えた。アシャはもたれかかれるほど分厚くクッションを積み重ね、痛めた背中にさほど重みがかからないよう調節してくれた。

「ありがとう」

これで息がしやすくなった。水も渡してもらって、エデトは深呼吸をした。

「じゃあアシャ、また朝に起こしに来て。一緒に朝ごはんを食べられると思うから。──だけど、それまではゆっくり休んで」

「はい」

アシャは泣き笑いで部屋を下がった。

壁のかすかなきしみが聞こえて、エデトはふりむいた。

「――よかった、エデト」

クリュサルが立っていた。気づかわしげに見つめてくる。

「気分は？　どこか痛むところは？　何か欲しいものはないか？」

矢継ぎ早の質問も耳に入らず、エデトはびくっと体をすくませた。この部屋に〈冠の間〉に通じる隠し階段があることは、もちろんすでに知ってはいる。しかし、いきなり彼が現れるとは思っていなかった。

「なっ――ど、どうしてクリュサル陛下が⁉」

「おれはいいから、具合はどうなんだ？」

「だっ大丈夫です」

クリュサルは安堵の色を浮かべ、大きなため息をついた。

「よかった……」

エデトはおずおずと彼に言った。

「あの、ですからどうぞ、クリュサル陛下もお戻りください……まさか、アシャが知らせたわけではありませんよね？」

「知らされてないよ。下が騒がしくなった気配がしたから、様子を見に来た。〈冠の間〉はこの〈月の間〉の真上だ」

「えっ、そうでしたか⁉」

「あんな大声で泣いていたら、さすがに聞こえる。――アシャの奴（やつ）め、邪魔だの朝でもいいだの勝手なことを」

クリュサルは控えの間への扉をにらむと、怒りの気配を強めてエデトを見た。

「……エデト、きみも許すわけにはいかない。なんてことをしてくれたんだ」

もし万が一彼と再会することがあれば、こうなることはわかっていた。だから不意打ちされた驚きが去ってしまえば、エデトは余裕を持って、微笑みすら浮かべて彼の怒りを受け止めることができた。

「黙って離宮に行ったことですか？」

「それも含めて、どうしてこんな無茶をした？」

「はい、アシャとハーグレス侯爵令嬢を巻きこんでしまったことは、心から反省しています。わたしがもっとよく考えて準備しておけば、彼女たちに怖い思いをさせずにすんだかもしれませんから」

「そこじゃない。きみは、自分を犠牲にするつもりだったんだろう？　おれの呪譜では婚約者にも皇妃にも何ごとも起こらないとリウに言ったことを、逆手（さかて）に取って」

「だってわたしは、リウみたいに呪譜は作れませんから。自分の行動でしか、クリュサル陛下の呪譜を否定できません」

迷いなく答えたエデトから目をそらせ、クリュサルはいらだたしげに髪をかきあげた。だが、すぐにまたその視線が戻ってくる。

「そうだな、初めてここまで完全に、完膚なきまでに否定されたよ——どうしてそんなことをひとりで決めた！」

「先に相談なんてしていたら、反対してわたしを止めていませんか？」

「当たり前だろう！」

「夜です。声が大きいですよ？　隣にはアシャがいますし、起こさないであげてください」

う、とたじろいだクリュサルに、エデトはくすりと微笑んだ。

「ですので、こうするしかありませんでした。——クリュサル陛下の呪譜は間違っていたとわかったのですから、もう退位なんて言わないで、皇帝を続けてくださいますね？」

クリュサルはまじまじとエデトを見つめ、大きく息をついた。それからがくりと頭を垂れた。片手をあげて押さえる。

「……早く帰って本当によかった。予感だなんてあやふやで曖昧でいいかげんなものも、役立つときはあるんだな。おかしいと思ったんだ、母君のお守りをおれに渡してきたりして」

「いえ、その、あれは、婚約者ならああするべきかと思って。だって、幸せを願うお守りなんですよね」

答えてから、こっそり心のなかで付け加える。

（ずっと持っていてほしかったから）

守られるよう、幸せになるよう。大切な相手へのそんな思いが込められているというユール一族のお守りならば、彼にこそ持っていてほしかった。クリュサルがそうあってほしいと、エデトは心から願った。

そしてもうひとつ、すべてが終わったあとも、彼のもうひとつのユール一族のお守りと同じように、このお守りもエデトの思い出とともに持っていてもらえるかもしれない——ひそかに抱いてしまったそんな期待を思い出して、ひとり恥ずかしくなる。

クリュサルはまだ片手で頭を押さえている。あまりに彼が身じろぎしないので、エデトは心配になってきた。おそるおそる声をかける。

「……あの、大丈夫ですか？」

するとクリュサルは、はあっと肩が落ちるほど大きく息をついた。そして顔をあげた。

「まだ怪我も治ってないいまのきみに言うべきことじゃないが、言わせてくれ」

怒っていながらも優しく自分を見つめるその顔に、エデトはどきりとした。

「この二日、きみにもしものことがあったらとか、そうでなくても後遺症が残ったりしたらとか、どれだけ心配したと思っているんだ。様子を見に来ても、すぐにアシャに追い出されるし。こんなひとりよがりな計画は絶対にやるべきじゃなかった」

クリュサルも寝不足に見える。エデトは本気で申し訳なくなってきた。

「……本当にすみませんでした。そもそもバティラの街での予定も全然すませられませんでしたよね？」

「そんなことはいい、やりようはある。どうにもできないのは、きみのことだ」

「たいへんご心配をかけてしまったみたいですけれど、本当にもう大丈夫ですから」

無意識に少しでも姿勢を正そうと、エデトは、クッションから体を起こしかけた。途端、背中がずきりと痛んで、おもわず短く声が漏れる。

「ほら、また無茶をする！」

クリュサルが近づいてくる。エデトはあせって、包帯を巻いた両手をあげて彼を止める。

「だっ、大丈夫です、ほんとに大丈夫ですから！」

その手ぎりぎりにクリュサルが身を寄せてくる。

「大体、エデトには忠告しておいたはずだ。メイルズにもミウステアにも近づくなと」

「は、はい……」

「それをあっさり無視してくれたわけだ」

「あの、決してあっさりというわけではなくて、よく考えてのことで」

「無視という結果は同じだ。この調子じゃ、同じ屋根の下にいるくらいじゃ安心できない」

これ以上エデトを動かすまいとするかのように、クリュサルは寝台の頭板に片手をかけて、覆いかぶさるようにかがんできた。

「きみの母君のお守りは、やはりきみが持つべきだ。母君の思いに応えて、二度とこんなことをするな」

クリュサルは服のうちからお守りをつかみ出した。

そのときだった。どこかに引っかかったのだろうか、あっけなくしゅるしゅるとほどけた組紐のあいだから、何かが宙にこぼれた。

「うわっ!?」

クリュサルがあわてながらもそれをつかみ、そして手をひらいて息を呑む。

「どうしましたか!?」

まばたきすら忘れているただならない彼の様子に、エデトも驚いて体を起こした。クリュサルがこちらを見た。それからもう一度自分の手に視線を落とし、エデトに差し出した。エデトもまた息を呑んだ。

「これって――」

クリュサルが持つ黄石とそっくり同じ、ほのかな光を含んだ美しい黄石が彼の手のなかでおぼろに光っていた。

「信じられない……まるで皇帝黄石だ」

クリュサルがつぶやいて、腰の革袋を開けた。内部に浮かぶ模様以外、まったく見分けのつかない石がそこにあった。まるで最初からひとそろいだったかのようだった。

「母さまの黄石……？」

ヴァルゼーに襲われて川に落ちたとき、この黄石だけが母のもとに残ったのだろうか。もう呪譜を作る役には立たないそれを母はお守りに忍ばせ、常に身につけていた――そう悟った瞬間、エデトは母の気持ちを理解した。

（ああ、きっとそう――）

エデトは無意識に、外を見ようと顔を向けた。遠く〈森の国〉に父と眠っている母に、心のなかで話しかける。

（母さま、わかったわ。母さまは自分がユール一族であることを隠しとおすことで、前皇帝の敵意から父さまを守ろうとしたのね）

黄石に執着していたヴァルゼーが母が生き延びていたことを知れば、ちっぽけな自治領など簡単に踏みにじられていたに違いない。流れ着いた〈森の国〉と助けてくれた父を、母はそうして守ろうとしたのだろう。

（ごめんなさい、母さま。母さまがわたしに何も話さなかったからって、拗ねてしまったりして。母さまはやっぱり、優しい母さまだった）

エデトが何も知らずに黄石をねだったときのあの母の表情は、秘密を手放す恐怖だったのだと、いまになって気づく。

（それでも母さまは、わたしを信じてくれた。わたしならきっと、守れるって）

　クリュサルの手の母の黄石に視線を移し、エデトは自分でも知らないうちに微笑んだ。と、そこで、はっと思い出す。

「――そういえば、ヴァルゼー陛下はどうしましたか？　それにハーグレス閣下は――？」

　クリュサルは、やはり黄石を見つめたまま言った。

「ヴァルゼーは死んだよ。自分の黄石を握りしめたまま、誰にも気づかれることなく逝っていた。それからメイルズは――病んだ」

「病んだ？」

　彼は視線をあげた。

「離宮内に護衛が入ったときには、すでにそうなっていた。医者の見立てでは、なんらかの毒の影響らしい。いまはハーグレス侯爵邸で療養しているが、うつろな目をして、ぶつぶつと意味のわからないことをつぶやいて、廃人同然だそうだ。ヴァルゼーは自身を酔わせるものなら手当たり次第に集めていたから、そうしたもののひとつだろうな」

「……あの人もそう言っていました。クリュサル陛下もご存じだったのですか」

「この十年ヴァルゼーがやっていたのは、おれという気に入らない人間を排除する試みか、あるいはままならない現状を忘れる試みかの、どちらかだったからね。いずれにしても薬物は役立つし、そばにいたメイルズも熟知していたはずだ」

　淡々と言ったクリュサルは、目を細めた。

「だが、彼の狙いはヴァルゼーとは違う。ほかの者はみな死ぬか逃げるかして、きみの暗殺未遂事件を証言できるのは、きみとアシャとミウステアしかいなくなった。これは、一方的で断片的な証言と見なされる。そしてメイルズは逃亡も自裁もしなかった。そうなると実は彼も被害者で、別にいた主犯に強いられていただけという可能性が、わずかながら残る。ハーグレス侯爵家は名門だ。状況に疑念がある以上、その当主を罰することはできない」

エデトはメイルズの言葉を思い出した。

――ありえるにしてもありえないものを突きつけてみたくなりまして。

そして彼は自分の企みが失敗すると、確実にメイルズが主犯だとわかっているのに罰することができない状況を作り出した。これも彼からクリュサルへのいやがらせだったのだろうか。

「……あの人は、自分の父親はヴァルゼー陛下かもしれないと言っていました」

「そうか」

クリュサルは、特に驚いたふうもなかった。エデトが気づいたくらいなのだから、とっくに気づいていたに違いなかった。

「複雑な人でした。――だからこうすることで、父と妹を守ろうともしたのかもしれません」

家族を失ったメイルズに抱いた同情がよみがえる。離宮でミウステアを見たときの彼の動揺は、本物だった。自身を廃人とすることはクリュサルへのいやがらせが主目的だったとしても、その陰には失われた家族への思いがひそんでいるような気がした。

そうか、ともう一度クリュサルはつぶやいた。その口ぶりにハーグレス侯爵家への敵意は感じられず、エデトはほっとした。

しばしの沈黙のあと、クリュサルが黄石を差し出してきた。

「すまない、きみのお守りを壊してしまって。せめてこれを返す」

エデトはかぶりを振った。

「もうさしあげたものです。どうぞお受け取りください。——それに、この黄石はお持ちではありませんでしたよね？」

母のお守りから出てきた黄石の模様を、エデトは脳内で何度も確認した。クリュサルが持っていた黄石と、そこに描かれた模様をつきあわせて、一致しないことも確認した。

「……ああ。これは〈鳥の石〉だ」

二十五種あるという黄石で、ただ一種クリュサルが持っていない石。

「わたしはずっとお守りを持っていたのに、なかに入っていたその石にはまるで気づきませんでした。黄石は、それを持つべき人と自然と出会うものなのでしょう？　それなら、この石と出会ったのはクリュサル陛下ということです」

エデトは確信を持って彼に微笑みかける。

「こうなってみると、その石がクリュサル陛下に自分を見つけさせるために、わたしをここにつれてきたように思います。ですから、受け取っていただかないと困ります」

だが、クリュサルの顔にはためらいの色がある。

「これは、ロアが自分の娘に託したものだ。そんな大切なものを、おれがもらうわけにはいかない」

「いいえ、母がわたしに託してくれたものは、もう十分受け取っています」

エデトは、かつてお守りが下がっていた胸もとを押さえた。お守りという形はなくなっても、そこに込められた母の思いはちゃんと自分のなかに残っている。

(母さまがわたしを思ってくれていたこと、もう絶対に見失ったりしないから)

エデトはクリュサルを見つめた。

「数に囚われてはいけないとクリュサル陛下はおっしゃっていましたけれど、それでもなんらかの違いはあるのではないですか？　だってリウと呪譜を作ったときも、クリュサル陛下は数が多いご自身の石のほうを使いましたよね」

クリュサルは一瞬口ごもったあと、認めた。

「……黄石が多ければ、より詳しく検証はできる。だが、これはおれのものじゃない。きみの母君、ロアのものだ」

「でも以前、皇太子になれる人が見つかったら、自分の黄石を譲るとおっしゃっていました。同じことです」

「同じじゃない。これは、きみにとったら母君の形見で」

「受け取ってください」

エデトは柔らかく、しかしきっぱりと彼に言った。

「改めて、聖レオス帝国を繁栄へと導く呪譜を作っていただくためにも」

そっと言い添えたその言葉に、クリュサルがはっとする。

「滅亡ではない帝国の未来を示す呪譜――クリュサル陛下なら、きっとできますよね？」

母が遺した〈鳥の石〉は、必ずクリュサルの力になってくれる――そう確信しながらも、理不尽な不安はぬぐえない。自分は彼の絶望を払うことができただろうか。エデトは不安な思いのままに、彼の両眼を見つめた。深緑のその奥にまだ絶望の翳りが巣くっていないか、確かめたかった。

彼の睫毛が伏せられ、その瞳が隠される。

不安で何か言葉を重ねたくて、それでも何も見つからない。

「クリュサル陛下……」

エデトはただ、彼を呼んだ。

クリュサルが目をあげた。明るく強いまなざしが、エデトをとらえた。

「――わかった。受け取っておく」

エデトは、彼に負けず強くうなずいた。

「はい」

エデトには呪譜は作れない。だから運命はわからない。それでもクリュサルがふたたび、自身の退位のためではなく帝国の運命を切り拓くために立ち向かう意志を取り戻したことだけははっきりわかった。

(クリュサル陛下なら、きっとできます)

心のなかでもう一度くりかえして、エデトは笑った。

クリュサルも微笑んだ。手のなかの黄石に視線を落とし、握る。

「――まあお守りの中身を持つおれがエデトのそばにいれば、エデトがお守りを持っているのと実質同じとしていいだろう。とりあえずきみがすっかりよくなるまでは、そばにいないと」

「え」

まるで予想外の言葉が返ってくる。エデトは面食らってまばたいた。

「あの、ですから、母がわたしにくれたのはお守りでしたけれど、実際はそういう意味合いのものではなくて、なのでそんなことより呪譜を――」

皇帝として誰よりも責任感の強い彼のことだから、さっそく二十五種の黄石で新しい呪譜を作るのだとばかり思っていた。うろたえながらも、彼をうながそうとする。

クリュサルがいたずらっぽく笑った。

「朝になったらね。今夜は、エデトと一緒にいる」

とんでもないことをさらりと言われて、エデトは仰天した。顔に血がのぼる。

「だっ、だめです、そんな！」

「エデト、幸い骨折もしていないし内臓も傷ついていなかったにしても、きみのその怪我は完治までしばらくかかると医者も言っていたんだよ？　本調子にはほど遠い。看病人はいたほうがいい」

「アシャがいてくれますので！」

「それがこの二日、アシャはずっときみのそばを離れようとしなくてね。あのままじゃ彼女のほうが体調を崩す。今夜はゆっくり寝かせてあげてくれ」

先ほどはエデトがアシャを休ませてあげてくれと頼んだのだが、今度はクリュサルがそれを逆手に取ってきた。

「だ、だったらひとりで大丈夫です！　薬もしっかり効いていますから、これからひとりで休みますから！」

「それはよかった。だが、おれのほうが大丈夫じゃないんだ」

確かめるように顔をのぞきこまれて、エデトはびくりと肩をすくめた。

（ちっ、近い――）

彼との距離の近さにも慣れたように思えていたのに、それがまったく誤解だったことに気づいてしまう。鼓動がいきなり速まっていく。

「いいよ、ゆっくり休んで。ほら、横になって」

（休めません！）

そう声を出すのもはばかられる。エデトは唇をきゅっと噛んで、ふるふると小さくかぶりを振った。

途端、クリュサルの表情が曇った。

「……その顔、帝都できみを迎えたときを思い出した。いまでもおれはきみにとって、そこまでいやがられる相手なのか」

エデトはあせった。自然と声が出る。

「いえ、そうではなくて、あのときも慣れてなくて、それに！」

「それに？」

「ですから、あの、その、お時間やお手間を取らせたり、ご迷惑になることはしたくないだけで――」

クリュサルが暗い表情で目を伏せた。顔を隠した彼にいっそうあせったエデトの目に、ふと、小さく揺れる彼の肩が映る。

「――あ！」

からかわれたことにやっと気がついて、エデトは眉をあげた。

「ごめんごめん。だめだな、やっぱりエデトといると性格が悪くなる」

クリュサルが笑いながら顔をあげる。

「……だけどよかった。ちゃんとそうではないと言ってもらえてほっとしたよ。黙ってうなずかれでもしたら、どうしようかと思った」

ぽつりとつぶやいたその言葉は、どこまで本気なのかわからない。

(だったらからかわないでください……！)

そう抗議しようとした矢先、クリュサルは黄石を持った手でエデトの髪をすくいとった。

自分の髪と黄石に、大切そうにそっと口づけたクリュサルを、エデトは呆然と見つめた。彼にあまりに優しく扱われて、まるで自分がひどく壊れやすい繊細なものになったかのような錯覚に襲われた。遅れて羞恥心が追いついてきて、いよいよ何も言えなくなる。

クリュサルは腰の革袋に黄石をしまうと、小さく息をついた。

「おれに迷惑をかけたくないと思ってくれるなら、二度とこんな危ないことはしないでくれ。目を離したら何をするか、いなくなってしまうんじゃないかととても怖くなる。これ以上の迷惑なんてない」

最終的には彼のためになることだったとはいえ、心配させてしまった自覚はある。エデトはそうっと彼に言った。

「ですがもう、何かする予定はありませんから……」

「当たり前だ」

至近距離でじろりとにらまれる。

「三か月は何もしないで、療養に努めてもらう。いいね？」

この程度の怪我なら一か月でも十分なように思えたが、有無を言わせない命令に、エデトはおとなしくうなずいた。

「はい」

「その間、絶対に無茶はしないこと。これもいいね？」

「はい」

「それで完治したらすぐ、結婚式をあげてもらう」

「はい――えっええっ⁉」

おもわず答えてしまってから、エデトは目をみはった。

「ですが、もう偽装結婚の必要はなくて――クリュサル陛下が退位する必要だって――」

クリュサルはうなずいた。

「退位しないならよけいに、皇妃が要る」

「ですからそれは、たとえばハーグレス侯爵令嬢とか――」

「きみという正式な婚約者をさしおいて？」

たしかにそういうことになってはいるものの、こんな騒ぎを起こして大怪我までした田舎王女は、これまで以上に皇妃として受け入れがたく思う者が多いに決まっている。エデトは目をみはったままかぶりを振った。

「そんなもの、どうとでもなりますよね、なるでしょう？」

「エデトだって婚約式で宣誓したよ。ふたりで一緒に続けるって」

「あれは単に、計画を続けるという意味で！」

「同じことだ。聖なる誓いをくつがえすのは〈森の国〉では許されているの？」

「でっでも、これは偽装結婚ですから！」

「ああ、始まりはそうだった。次の皇太子を見出すための時間稼ぎにだけなってくれればいいと思っていた。だが、それだけではなくなった」

「でも――」

「あのときおれは、本気で言った」

真剣な面持ち（おももち）で、クリュサルが言った。

「いまこうしてここにいるきみに、これからも一緒にいてほしい。心から思ってそう言って、いまはさらに強くそう思っている。――エデトは？」

深緑の両眼に見つめられて、心臓が跳ねる。そしていっそう鼓動が速まっていく。目もそらせず、まばたきすらできずに、彼を同じように見つめ返してしまう。

クリュサルが微笑んだ。

自分の顔が真っ赤になっていて、どんな言葉よりも雄弁に心を露わにしてしまっていることはわかったが、隠しようがなかった。

「――言葉でも聞かせてくれないか、エデト。きみの口から、きみの声で、はっきり答えを聞きたい」

自分の素直な感情をはっきりと言葉で伝えることは、クリュサルにとっては、たやすいことなのだろう。

（でも、わたしには無理です……！）

好きという気持ちを両親に伝えることも、もちろんリウに伝えることも、なんの問題もなくできた。アシャや、カドシュやラケイドにすらできるかもしれない。

だが、クリュサルだけにはどうしても言えない。考えてみれば、演技としてすらいわゆる愛の言葉は言えなかった。それだけ彼は特別で、しかもいまとなっては彼への気持ちは自分でも知らなかったくらいの心の奥底、やわやわともろいところに収まってしまっている。それを直視して、言葉という形にしてしまうことはまだ怖い。

エデトが固まっていると、不意に、クリュサルがいたずらっぽい顔をした。

「わかった。じゃあ、エデトがもっと答えやすい質問にしよう」

「え、ええ――？」

「逆の立場で考えてみてくれないかな。自分のために面倒な宮廷生活を我慢して、不快な宮廷人も我慢して、言葉遊びじゃなく本当に命まで賭けてくれた。そんな恩人と、じゃあこれで、なんて何もせずにあっさり離れられると思う？」

エデトは息を呑んだ。逆の立場でなど、考えてみるまでもない。あの婚約式のとき、クリュサルはエデトの心を救ってくれた。故国や弟の恩人ではなく、エデト自身の恩人になった。

（だから、どうしても恩返ししたくて、あなたが帝国を滅亡させるだなんてひどい呪詛は、どんなことをしてでも否定したくて）

そのために命を賭けることに迷いはなかった。だが、こうして助かったいま、次はどうしたいかと迫られると、素直に答えられない言い訳ばかりが浮かんでくる。

（だってあなたは皇帝で、わたしは辺境の森育ちの不作法者で――）

エデトの内心など見透かしているはずなのに、クリュサルは、今度は沈黙を許してくれるつもりはないらしい。さらに重ねて尋ねてくる。

「答えて。恩返ししないで、いられる？」

深緑の両眼がいっそう近い。

「……いえ」

エデトはかぼそくつぶやくしかなかった。

クリュサルは満足そうにうなずいた。

「そう、無理だろう？　エデトはそんな恩知らずじゃない。そしておれも、性格はよくないにしても恩知らずではないんだ」

優しすぎる彼のまなざしを見ていられない。

「だから、おれにも恩返しをさせてくれるね、エデト」

エデトはやっとの思いで視線をそらせた。自然と眉根が寄る。

「でもそれだと──わたし、またその恩返しをしないといけなくなります……！」

クリュサルがくすりと笑う気配があった。

「いや？　ずっとそうやって、お互いに恩返しをしあっていくのは」

（切りがないです……！）

きっと、一生かけても終わりがない。いつまでも彼のそばにいなくてはならなくなると思っただけで、心臓が胸から飛び出しそうになる。

クリュサルの大げさなため息が聞こえた。

「──まだ答えてくれないか。じゃあしょうがない。エデトがちゃんと納得してはっきり答えてくれるまで、つきっきりで説得させてもらうことにする。三か月間ずっとだ」

「は⁉」

エデトはふりむいた。あわてるあまり、包帯を巻いた両手を振って否定する。

「だ、だめです、そんな！　クリュサル陛下ももうお休みください、わたしも休ませていただきますから！」

クリュサルはまじめくさってうなずいた。

「いいよ、もちろん休んで。おれはここにいさせてもらうだけだから」

「だめです！」

「ほら、怪我人はおとなしくして」

柔らかに肩に手を添えられて、エデトはそっとクッションに横たえられた。そこで離れてくれたならまだ耐えられたが、彼はそのまま見おろしてきた。乱れたエデトの髪を、そっと彼の指が梳いていく。

髪にだけ感じるくすぐったいような感覚がいっそう羞恥心を募らせて、エデトは顔をそむけた。それだけでは足りずに、きつく目もつぶってしまう。

「本当に――だめです」

「何が？」

意地悪なくせに優しい声が降ってくる。

「こんな――クリュサル陛下がここにいたら――全然休めません――」

「気にしないでいいのに」

「気にします！」

クリュサルの声が変わった。低く、真摯に、命令するように、そして懇願するように。

「だったら、安心させてくれ」

エデトはまぶたをこじあけた。顔だけでなく、頭全体が燃え出しそうに熱い。それでもどうにか彼を見つめ、震える唇をひらく。

「――わたし、どこにも行きませんから」

いまのエデトには、これで精いっぱいだった。

クリュサルは目を伏せた。微笑んでいるようなその表情におもわずエデトが見入っているあいだに、また髪がすくいとられる。

「いまのはおれの忠告じゃない、エデト自身がそう言ったんだ。だからその言葉は、絶対に忘れないで守ってくれるね？」

彼にふたたび髪に口づけられながら、エデトは小さくうなずいた。

《了》

あとがき

こんにちは、倉下青です。お手にとっていただき、ありがとうございます。

本作の原点は、物語を書きはじめた学生時代に考えていたものでした。それがこうして本というかたちになるとは……感慨深いです。

担当様。自分ひとりでは絶対に出てこなかった発想を引き出していただける楽しさを、今回も存分に味わうことができました。ありがとうございます。

鳴海ゆき先生。私の想像よりもはるかにすてきなキャラと世界をていねいに描いてくださって、テンションあがりまくりでした。ありがとうございます。

そのほかこの本に携わってくださったすべての方に御礼申しあげます。

読者の皆様に楽しんでいただけることを祈っています。

倉下青　拝

IRIS ICHIJINSHA

逆求婚のお相手は憂鬱な皇帝
恩返しとしての不作法な偽装結婚

2023年１月１日　初版発行

著　者■倉下 青

発行者■野内雅宏

発行所■株式会社一迅社
〒160-0022
東京都新宿区新宿3-1-13
京王新宿追分ビル5F
電話03-5312-7432（編集）
電話03-5312-6150（販売）

発売元：株式会社講談社
（講談社・一迅社）

印刷所・製本■大日本印刷株式会社

ＤＴＰ■株式会社三協美術

装　幀■今村奈緒美

ISBN978-4-7580-9515-0

この本を読んでのご意見
ご感想などをお寄せください。

おたよりの宛て先

〒160-0022
東京都新宿区新宿3-1-13
京王新宿追分ビル5F
株式会社一迅社　ノベル編集部
倉下 青 先生・鳴海ゆき 先生